창귀무쌍 5

2024년 2월 6일 초판 1쇄 인쇄
2024년 2월 13일 초판 1쇄 발행

지은이 송장벌레
발행인 김관영

기획 이기헌 왕소현 임동관 박경무 강민구 조익현
책임편집 김홍식
마케팅지원 이원선

발행처 (주)로크미디어
출판등록 2003년 3월 24일
주소 서울시 마포구 마포대로 45 일진빌딩 6층
Tel (02)3273-5135 **Fax** (02)3273-5134
홈페이지 rokmedia.com **E-mail** rokmedia@empas.com

© 송장벌레, 2023

값 9,000원

ISBN 979-11-408-1395-7 (5권)
ISBN 979-11-408-1784-9 04810 (세트)

이 책의 모든 내용에 대한 편집권은 저자와의 계약에 의해
(주)로크미디어에 있으므로 무단 복제, 수정, 배포 행위를 금합니다.

작가와의 협의에 의해 인지는 생략합니다.
잘못된 책은 구입처에서 바꾸어 드립니다.

차기무장

송장벌레 신무협 장편소설 ⟨5⟩

차례

음마투전(飮馬投錢) (2)

"……!"

추이의 말에 죄수들이 퍼뜩 정신을 차렸다.

이번 출혈 할인 기회를 놓치게 되면 정말로 출혈 사태가 일어날 것이다.

"비, 비켜!"

서세치가 부리나케 뛰쳐나왔다.

그는 수레에 실린 장창 하나를 집어 들었고 그대로 가져갔다. 아니, 가져가려 했다.

"에헤이―"

견술이 서세치의 뒷덜미를 붙잡지만 않았어도 그렇게 했을 것이다.

"손님. 돈은 내고 가져가셔야죠."

"예에? 도, 돈을요? 지금 이 와중에요?"

서세치의 이마에 식은땀이 맺혔다.

다른 죄수들의 표정 역시도 검게 죽어 가기 시작했다.

이 지경이 되기까지 돈을 쓰지 않고 버티고 있던 독종들 역시도 눈이 흔들렸다.

결국, 죄수들은 두 손 두 발 다 들었다.

"낼게요! 낼 테니까 외상 달아 놔요! 아, 틀림없이 낼 테니까!"

"외상은 안 받아. 일단 먼저 선불로 냈던 놈들 돈에서 깔 테니 나중에 그놈에게 갚든지."

"저, 저는 저번에 돈 냈던 거 아직 남았죠? 그거에서 까십쇼!"

"에헤이─ 이 장검은 그 정도 돈으로는 못 사. 어따─ 요 단검 정도는 살 수 있겠군."

"젠장! 그거라도 줘 빨리!"

"싫어. 안 팔아."

"뭐!? 왜!?"

"나는 반말하는 사람한테는 물건 안 팔기로 했어."

"으아아아! 주십쇼! 줘요! 살수들 저기 앞까지 왔잖아! 빨리요! 제발!"

견술은 신바람이 나서 무기 장사를 한다.

그는 물건들이 날개 돋친 듯 팔려 나가는 것을 보며 뿌듯해하고 있었다.

"장사꾼들이 장사가 잘될 때 안 먹어도 배부르다고 하는 이유를 알겠다."

한편, 사도련에서 온 살수들은 황당한 기색이었다.

딱 봐도 내공 한 줌 없는 폐인들이 칼과 창으로 무장한 채 대응하고 있는 것을 보니…….

"용병들을 고용했나?"

"아니, 몰골을 보니 노예에 가까운 것 같군."

"일단 저놈들부터 처리한다."

자객들의 눈이 사나워졌다.

그들은 곤귀 구강룡에게 배운 창법과 곤법으로 포위망을 좁혀 오고 있었다.

하지만 죄수들 역시도 쉽게 물러서지 않았다.

비록 내공을 폐쇄당하기는 했지만 그들은 한때 흉악한 수적 무리였다.

적어도 무술을 익힌 가닥만은 남아 있는 것이다.

"쪽수는 우리가 훨씬 많다!"

"창을 뻗어서 못 다가오게 해!"

"씨팔! 지금 뒈지나 내일 뒈지나 어차피 똑같어!"

죄수들의 수는 백팔 명, 습격자들의 수는 이십이 조금 넘는 수준이다.

똘똘 뭉쳐서 창으로만 대항하면 어찌어찌 버틸 수는 있을 것 같았다.

"……."

"……."

죄수들과 살수들이 팽팽하게 대치하기 시작했다.

바로 그때, 죄수들 사이에서 은밀한 움직임이 있었다.

'언젠가는 내 이런 날이 올 줄 알았다.'

공손앙. 한때 장강수로채 유채에 몸담고 있었던 백두 계급의 수적.

참고로 그의 형은 맨 처음 파시에서 추이를 만나 죽었던 해채의 백두 공손합이었다.

'삼칭황천. 형님의 원수…… 네놈만은 절대로 잊을 수가 없지.'

공손앙은 칼자루를 꽉 움켜쥐었다.

그리고 자신을 따르는 다른 죄수들에게 은밀히 눈짓했다.

"준비했던 대로 간다."

"예, 백두님."

공손앙은 머리가 좋다.

그는 맨 처음 추이가 수레에 병장기들을 실을 때부터 그것을 유심히 지켜보았다.

그리고 추이가 수레에 실린 것들을 죄수들에게 하나하나 팔아 치울 때부터 언젠가는 병장기를 구매하겠다고 벼르고 있었다.

그리고 지금, 드디어 병장기를 살 수 있게 되었다.

'미리 언질을 해 놨던 놈들의 수가 서른. 이놈들은 내가 신호만 내리면 곧바로 창칼을 거꾸로 돌릴 놈들이다.'

공손앙은 무기를 손에 넣는 즉시 반란을 일으켜 추이를 역습할 생각이었다.

다만 추이가 워낙 빈틈이 없어서 서른이라는 인원수로도 승기를 잡을 수가 없었다.

그들은 모두 단전이 부서져 있었기 때문이다.

'하지만 그러던 차에…… 기회가 온 것 같군.'

공손앙은 눈앞에 있는 살수들을 바라보았다.

만약 저놈들과 대치하고 있는 진열을 일부러 무너트린다면, 그렇다면 저들은 이쪽 구멍을 통해 곧바로 추이를 죽이러 갈 것이다.

"……."

공손앙은 옆을 흘끗 돌아보았다.

파들파들파들……

그의 옆에서는 서세치가 안쓰러울 정도로 몸을 떨고 있었다.

공손앙의 눈이 가늘어졌다.

"이봐. 염소수염."

"으, 으응?"

서세치가 고개를 돌린다.

공손앙은 그런 서세치의 귀에 대고 속삭이듯 말했다.

"신호를 주면 너는 옆으로 빠져라."

"뭐, 뭐? 그럼 진열이 무너지잖아?"

"맞아. 그래야 추이 저놈이 살수들에게 뒈질 거 아니냐."

"에엑!?"

서세치는 화들짝 놀란다.

이윽고, 그는 눈치를 살피며 속삭였다.

"지, 지금 반란을 일으키자는 거야?"

"그래. 이때를 대비해서 지금껏 상납금을 계속 바쳐 왔다. 병장기를 한 번에 많이 사려고 말이야."

"세상에. 그럼 그게 먹을 걸 사 먹으려고 그랬던 것이 아니었다는 말이야?"

"당연하지 이 병신 새끼야. 내가 진짜 고기 몇 점 처먹으려고 그 비자금들을 다 게워 낸 줄 알아?"

"하, 하지만……."

서세치는 우물쭈물거린다.

그러고는 들릴 듯 말 듯 하게 속삭였다.

"그래도 천두님께 반란을 일으키는 것은 좀……."

"뭐?"

"아니 그렇잖아. 우리가 지금까지 안 죽고 살아 있는 것도 다 천두님께서 물자들을 풀어 주신 덕분인데……."

서세치의 말을 들은 공손앙의 표정이 멍해졌다.

'이 새끼가 지금 뭐라는 거야?'

하지만 서세치의 표정은 진지했다.

그의 눈에서는 맑은 광기와 신념이 엿보이고 있었다.

"나, 나는 맹세했어. 추이 천두님께서 구운 참게 꼬치를 내게 팔아 주셨을 때, 나는 그분을 저승 끝까지 따르겠다고……."

"허…… 노예근성이 골수에 쩔어서 뇌까지 잠식했구만. 꺼져 이 미친 새끼야!"

공손앙은 서세치의 궁둥이를 발로 뻥 차서 날려 버렸다.

그러고는 곧바로 계획을 실행했다.

"전원! 공격 개시!"

동시에, 공손앙과 미리 내통하고 있던 서른 명의 죄수들이 창끝을 뒤로 돌렸다.

진열이 무너지자 살수들 역시도 대번에 반응했다.

"저쪽에 구멍이 생겼다!"

"한꺼번에 쳐라!"

"스승님의 원수를 갚자!"

전세가 순식간에 뒤집혔다.

유리하다가 불리해진 것도 아니고, 기이하게 뒤섞인다.

죄수들과 살수들의 창칼이 별안간 마차를 덮쳤다.

"어어? 어어어!?"

강호 경험이 적은 남궁율은 당황한 모습을 보인다.

하지만 노련한 강호인인 견술은 그저 실실 웃을 뿐이다.

"언제쯤 터지나 기다렸네. 내가 할까?"

"아니. 내가 하지."

추이 역시도 짧은 대답 외에 별다른 반응을 보이지 않았다.

다만 그동안 마차 한구석에서 놀고 있던 매화귀창을 간만에 움켜잡았을 뿐이다.

차라라락!

허공에서 살수들의 곤과 창이 날아든다.

추이는 태연한 표정으로 창을 들어 올렸다.

그리고 그것을 허공에 대고 한 바퀴 휘저었다.

…퍼퍼퍼펑!

매화귀창이 회전하며 만들어진 소용돌이가 살수들의 곤과 창을 튕겨 냈다.

동시에 추이의 창끝이 습격자들의 미간, 목, 심장, 사타구니를 한 번씩 긋고 지나간다.

차르르르륵! 철커덕!

창대에서 늘어난 창극이 사슬에 딸려 와 원래 위치로 결합되었다.

퍼퍼퍼퍼펑!

자객들의 몸에서 뒤늦은 피분수가 뿜어져 나온다.

추이의 창은 그들의 미간, 목, 심장, 사타구니를 각각 삼촌(寸)씩 파고들어 그 안을 헤집어 놓았던 것이다.

"끄아아아아아악!"

오직 사타구니를 맞은 이들만이 비명을 질렀고 나머지는 비명조차 지르지 못한 채 그대로 땅바닥에 처박혔다.

허공으로 몸을 날릴 때까지만 해도 살아 있었던 이들이 땅에 떨어졌을 때는 이미 죽거나 불구가 된 뒤였던 것이다.

"뭐, 뭐 이런 괴물이!"

"스승님을 이긴 것이 우연이 아니었단 말인가!"

"대체 무슨 사술을 부리는 게냐 이놈!"

자객들은 계속해서 밀려들었지만 추이는 조금도 아랑곳하지 않은 채 창을 놀렸다.

…철커덕! …철커덕! …철커덕! …철커덕!

기형적인 모양으로 분절된 매화귀창은 중간에 연결된 사슬들에 의해 끝도 없이 늘어난다.

추이가 그것을 한 번 휘두를 때마다 어김없이 한 명의 살수가 핏물을 뿜었다.

'확실히, 창은 곤보다 훨씬 편하군.'

곤은 몽둥이이기 때문에 끝까지 힘을 주어 때려 박아야 한다.

그래야만 상대방에게 충격을 온전히 전달할 수 있다.

반면 창은 날붙이이기 때문에 꼭 끝까지 힘주어 밀어 넣지 않아도 상관없다.

어차피 뾰족한 창날이 세 치만 깊게 들어가도 인간은 죽거나 불구가 되기 때문이다.

…푹! …푹! …푹! …푸욱!

추이는 눈 깜짝할 사이에 스물네 명의 살수들을 모두 죽여 버렸다.

심지어 그들을 전원 살해하는 동안 피풍의 자락에 피 한 방울 묻히지 않은 채였다.

추이의 목소리가 찬바람에 실린다.

"묻어 줘라. 스승의 복수를 위해 왔던 자들이니 들개 밥을 만들 수는 없다."

동시에, 견술의 시선이 공손앙을 비롯한 반역자들을 향해 옮겨졌다.

"그렇지~ 들개 밥이 될 것들은 따로 있으니까."

"……!"

공손앙의 표정이 공포로 일그러졌다.

"으아아아아아아아!"

더 이상 물러날 곳은 없었다.

공손앙을 필두로 서른 명의 죄수들이 창칼을 들었다.

그들은 독기 어린 표정을 지은 채 추이를 향해 달려들었다.

물론 일류고수들의 합공에도 상처 하나 입지 않은 추이가 삼류무공조차 잃어버린 죄수들을 버거워할 리 없었다.

…뿍!

추이는 품에 있던 송곳을 들어 맨 앞에 있던 죄수의 목젖을 비틀어 따 버렸다.

그리고 뒤에서 달려드는 죄수의 사타구니를 발로 걷어찬 뒤 그 뒤에 있던 죄수까지도 함께 짓밟았다.

떠—걱!

추이가 꺼내 든 망치가 앞에서 달려오던 죄수의 머리통을 후려갈기고 지나간다.

그 모습을 보고 있던 견술이 물었다.

"왜 창을 안 쓰고?"

"피랑 기름이 많이 묻으면 손질이 귀찮다."

"아, 그래서 아까 살수들 잡을 때도 창날을 다 안 박아 넣었구나? 하여튼 은근 결벽증 있다니까?"

추이의 대답을 들은 견술이 피식 웃으며 말을 이었다.

"내 개작두는 말이야. 따로 손질이 필요 없어요. 날이 무뎌지면 무뎌지는 대로 두고, 이가 빠지면 그냥 빠지는 대로 둬. 왜인 줄 알아?"

이윽고 피비린내 나는 작두날이 모습을 드러냈다.

견술은 그것을 들고 반란을 일으킨 죄수들의 어깨와 등, 모가지를 썩둑썩둑 잘라 내기 시작했다.

"이건 어떻게 맞아도 존나 아프거든! 안 썰리면 안 썰리는 대로 걸레짝이 돼요! 이렇게! 어!? 이렇게! 어!? 호호호 호호—"

광기 어린 눈으로 폭소를 터트리는 것이 어째 추이와는 조금 다른 종류의 공포감을 자아내고 있었다.

죄수들 역시도 자포자기했다.

"으아아아! 틀렸어! 절대 못 이겨!"

"이렇게 된 이상 여자라도 죽여!"

"저년이라도 길동무로 삼겠어……!"

그들은 추이와 견술 옆에 가만히 서 있던 남궁율을 향해 달려들었다.

하지만, 남궁율 역시 정도십오주인 남궁세가의 기재.

나름대로 등천학관 최고의 후기지수로 손꼽히던 인물이다.

써—걱!

남궁율이 칼을 휘두르자 죄수들의 팔다리가 잘려 나갔다.

"역시 동정하지 않기를 잘했어요. 이것이 강호의 본모습이로군요."

그녀는 흔들리지 않는 눈으로 전장을 직시하고 있었다.

그 모습을 본 견술이 휘파람을 불었다.

"의외네. 금지옥엽(金枝玉葉)으로 커서 피바람이 조금만 불어와도 팔랑팔랑 떨어져 내릴 줄 알았더니."

"금지옥엽도 금지옥엽 나름이지요. 남궁세가의 금지옥엽

은 그 안에 쇳물로 된 수맥이 흐른답니다."

남궁율은 당차게 대답하는 동시에 옆을 슬쩍 곁눈질했다.

하지만 야속하게도 추이는 이쪽으로 조금의 눈길도 주지 않았다.

…뿌각!

단지 송곳을 들어 올려 마지막까지 저항하는 공손앙의 목을 따 버렸을 뿐이다.

"끄르륵— 케헥!"

가죽 찢어지는 소리와 함께, 핏물 한 줄기가 하얀 설원 위로 흩뿌려진다.

이로써 죄수들의 반란은 모두 진압되었다.

추이는 송곳에 묻은 피를 헝겊으로 닦으며 살아남은 죄수들이 벌벌 떨고 있는 앞을 지나갔다.

"뭐 해? 수레 안 끌고."

"……."

달라붙은 날벌레라도 털어 낸 양, 아주 태연한 표정으로.

나락곡

보글보글보글보글……

솥 안에서 다양한 식재료들이 끓는다.

돼지고기, 꿩고기, 잉어, 메기, 미꾸라지, 참게, 보리새우, 우렁, 시래기, 콩, 감자, 좁쌀, 옥수수, 된장 등등이 죽이 되어 뽀얀 김을 피워 올리고 있었다.

남궁율은 나뭇가지로 솥 안을 저었다.

그러고는 그 끝에 묻은 죽을 살짝 맛보았다.

'음. 이 정도면 먹을 만한 것 같다.'

비록 만들어진 것은 정체불명의 무근본 꿀꿀이죽이었지만 이런 혹한의 험지에서는 이 정도만 해도 감지덕지할 일이었다.

맨 처음에는 이런 음식을 입에도 못 대던 그녀였지만 추이를 쫓아 나온 이번 강호행을 통해 확실히 경험의 지평이 넓어지고 있었다.

"추 소협. 식사 다 됐어요."

남궁율은 이 빠진 질그릇 안에다가 죽 한 그릇을 퍼서 추이에게 내밀었다.

내심 추이가 자신이 만든 죽을 맛있게 먹어 주었으면 하는 바람을 담은 채로.

하지만 그 죽은 추이에게 가지 못했다.

"으악! 뭐야 이 똥국은!? 이딴 걸 누가 먹어! 죄수들한테도 못 팔아먹겠네!"

견술이 기겁하며 그녀의 죽을 빼앗아 버렸기 때문이다.

"이런 거 먹으면 바로 배탈 나. 우리 예쁜이는 내가 만든 동파육 먹자. 자, 아앙~"

견술은 어디선가 만들어 온 돼지고기 조림을 떠서 추이의 입가로 가져갔다.

남궁율이 황당하다는 듯 빽 소리 질렀다.

"남자끼리 호칭이 왜 그래요!?"

"예쁘게 생겼으니까 예쁜이라고 부르는 건데 왜? 존중의 뜻을 담은 애칭이야."

"그 와중에 동파육은 또 어떻게 만들었고요!?"

"흥흥흥─ 내가 원래 좀 가정적이야. 누굴 꼬시려면 이 정도는 해야지?"

추이를 사이에 두고 남궁율과 견술의 시선이 팽팽하게 대치한다.

"……."

하지만 정작 추이는 별다른 반응이 없었다.

그저 어두운 밤하늘을 가만히 올려다보고 있을 뿐이다.

남궁율은 그런 추이를 보며 생각했다.

'참 대단한 사람이야.'

그녀는 늘 추이를 대단하다고 여겨 왔지만 그런 생각은 근래 들어서 더더욱 심화되고 있었다.

공손앙의 반란이 있었던 뒤로도 자객들의 습격이 몇몇 차례 더 이어졌고, 죄수들은 그것을 필사적으로 막아 내었다.

죄수들은 추위에 떨고, 고된 노역에 지친 상태로 습격까지 막아 내야 했고 그 결과 점점 더 피폐해졌다.

그리고 추이는 점차 약해져 가는 그들에게 병장기, 방한도구, 약, 식량과 식수를 팔면서 횡령 자금들을 모조리 거둬들였다.

결국 모든 것들이 추이가 의도한 대로 된 것이다.

'아무리 무림에는 기인이사가 많다지만, 대체 어디서 이런 사람이 나타난 걸까?'

설마 자신이 비슷한 연배의 남자를 향해 이런 감정을 품게 될 줄은 꿈에도 몰랐다.

'……하늘에서 뚝 떨어지기라도 했나?'

남궁율은 저도 모르게 미소를 지었다. 그리고 추이가 바라보고 있는 밤하늘을 향해 고개를 들었다.

그런데.

"어?"

밤하늘을 올려다본 남궁율의 표정이 순간 미묘하게 변했다.

적색 별.

어젯밤까지만 해도 홀로 외떨어져 빛나고 있었던 적성의 주변으로 여섯 개의 별들이 떠 있다.

하나같이 음산한 빛을 뿌리는 청색의 별무리였다.

이윽고.

스윽―

추이가 자리에서 일어났다.

"……곧 파촉설산의 자락이 시작된다."

그러고는 정면에 도사리고 있는 고사목들의 숲을 똑바로 주시했다.

"이제부터는 '진짜'들이 나올 모양이군."

그 말에 견술의 표정도 변했다.

남궁율은 그보다 조금 뒤에 사태를 파악했다.

스스스스스스스……

말라죽은 나뭇가지들이 찬바람에 흔들린다.

그 사이사이로 뿌옇고 탁한 청색의 안광들이 번져 가고 있었다.

푸른 야차의 탈을 뒤집어쓴 이들이 하나둘씩 걸어나오기 시작했다.

머릿수는 여섯.

모두가 맨손, 맨발이었고 몸 전체에 흰 붕대를 칭칭 감고 있는 듯 보였다.

들고 있는 무기들도 가지각색이었다.

사슬낫, 쇠부채, 대낫, 채찍, 이상하게 생긴 각종 기형검들……

한편, 그것을 본 죄수들 사이에서는 또다시 난리가 났다.

"으악! 또 습격이다."

"다들 창 들어! 야습이야!"

"빌어먹을 살수 새끼들아! 밤에는 좀 쉬잔 말이야!"

서세치를 비롯한 죄수들이 창을 쥐고 일어났다.

하지만.

"됐다. 들어가 있어라."

추이는 죄수들을 향해 손사래를 쳤다.

지금껏 추이가 이런 반응을 보였던 적은 처음이었기에 죄수들은 어리둥절한 표정을 짓는다.

그때, 개작두를 든 견술이 그런 추이의 옆으로 걸어와 섰다.

"이놈들은 지금까지 왔던 놈들이랑은 뭔가 좀 다른데? 어중이떠중이들이 아니야."

"나락곡의 청야차들이다."

"……!"

견술의 눈이 조금 커졌다.

나락곡. 사도십오주의 한 기둥을 이루고 있는 살수 집단.

하지만 그 정체가 거의 신비에 가려져 있기에, 호사가들은 그저 사도련에서 공포감을 조성하기 위해 만든 가상의 단체라고 치부하는 실정이다.

견술은 나지막한 목소리로 중얼거렸다.

"나락곡이 진짜로 있는 거였구나. 그쪽이 움직일 정도면…… 사도련 놈들 중에 너에게 푹 빠진 놈이 있나 봐."

"누군지는 대충 짐작이 가는군."

아마 홍공, 그가 보낸 환영 인파들이리라.

추이는 매화귀창을 단단히 움켜쥐었다.

…퍼펑!

나락곡의 살수들이 추이를 향해 달려들었다.

추이는 눈앞으로 쇄도하는 병장기들을 보며 생각했다.

'기세를 감추지도 않는군. 청야차 계급씩이나 되는 놈들치고는 지나치게 부주의하다.'

나락곡의 살수들은 황(黃), 청(靑), 적(赤), 흑(黑) 순으로 강해진다.

눈앞의 살수들은 무려 청색 가면을 쓰고 있는 이들이었지
만.

퍼펑! 까-앙!

추이는 그들의 합공을 큰 무리 없이 받아 내고 있었다.

…쿡!

추이의 창이 청야차 하나의 가슴팍을 사납게 파고들었다.

둔탁한 소리와 함께, 가슴을 찔린 청야차가 어둠 너머의
숲속으로 나가떨어진다.

"으랏챠-"

견술 역시도 개작두를 휘둘렀다.

크고 투박한 작두날이 벼락처럼 떨어져 내려 청야차 하나
의 어깨를 내리찍었다.

…퍽!

그 순간.

"……!"

견술은 대놓고 느껴지는 이질감에 두 눈을 부릅떴다.

"뭐야 이거?"

작두날이 청야차의 몸에 파고 들어간 뒤 빠지지 않는다.

애초에 사람의 육체쯤은 진작에 쪼개 버렸어야 할 터인데,
작두날은 고작 한 뼘 정도밖에 박혀 들지 않았다.

…쾅!

견술은 발을 들어 올려 청야차의 가슴팍을 세차게 걷어찼

고 그제야 작두날을 빼낼 수 있었다.

"……!"

견술은 회수한 작두날을 보며 깜짝 놀라야 했다.

작두날의 이가 살짝 빠져 있었고 그 주변에는 푸르스름한 서리가 붙어 있었다.

"뭔데 몸뚱이가 저렇게 차고 단단해? 작두날이 잘 안 박히잖아."

견술은 황당함을 금치 못했다.

이건 사람의 몸을 써는 게 아니라 숫제 꽝꽝 얼린 냉동육을 써는 느낌이다.

견술이 추이를 돌아보며 물었다.

"애애- 예쁜아. 나락곡의 살수들은 원래 다 이래?"

"아니. 그놈들도 평범한 살수들이다. 단지 다른 살수들에 비해 사람을 조금 더 잘 죽일 뿐이야."

"그럼 뭐야 이것들은?"

"…… ."

추이는 눈앞의 청야차들을 바라보았다.

저벅- 저벅- 저벅-

방금 전, 추이의 창에 심장을 찔린 채 날아갔던 청야차 또한 숲속에서 걸어 나와 본대에 합류했다.

견술의 작두날에 맞은 청야차 역시도 피 한 방울 흘리지 않는 채로 전투준비를 한다.

그때, 그 모습을 바라보던 남궁율이 소리쳤다.

"가, 강시(殭尸)!? 강시 아니에요, 저것들!?"

"⋯⋯!"

그 말에 견술조차 놀란 표정을 지었다.

강시. 죽은 자의 시체를 사악한 사술로 되살려 낸 존재.

오래된 괴담 속에서나 전승되어 내려왔던 그것이 실제로 존재했다는 말인가?

"나락곡의 살수들로 만든 강시. 다소 귀찮을 수 있겠군."

추이는 천천히 고개를 끄덕였다.

강시의 존재를 인정하는 추이의 말에 견술과 남궁율은 다시 한번 놀란 표정을 지었다.

나락곡에 이어 강시라니. 이게 다 무슨 일인가.

남궁율은 머릿속으로 나락곡에 대해 알고 있던 정보들을 떠올렸다.

'⋯⋯전설 속에 나오는 나락곡의 살수들은 사람 죽이는 기술을 기예의 수준까지 끌어올린 살인기계(殺人器械)들이랬는데.'

그들에게 부족한 것은 딱 하나, 목숨뿐.

제아무리 수많은 목숨을 거둬 왔던 살수라도 자신의 목숨은 하나인 법이며, 자신이 죽으면 더 이상 사람을 죽이지 못한다.

오직 그것만이 나락곡 살수들의 약점이라고 남궁율은 들

었었다.

……하지만 지금 눈앞에 있는 나락곡의 살수들은 그런 약점마저도 해결한 듯 보인다.

끼긱— 끼긱— 끼기긱—

여섯 구의 강시. 얼어 죽은 시체들이 또다시 움직인다.

'청야차로 만든 강시 여섯이라. 열심히 살고 있구나, 홍공.'

추이는 나락곡 살수들의 시체로 제작한 강시들을 쭉 돌아보았다.

전생의 기억을 떠올리는 것은 자연스러운 수순이었다.

나락곡.

정사대전 당시 정도의 인물들이 밤을 두려워하게끔 만들었던 살수 집단.

홍공이 나락곡과 접선한 것은 그가 아직 마교의 우사로 있었던 시절이었다.

홍공은 창귀칭이라는 마공을 완벽하게 보완하기 위하여 살수들의 살인 경험과 뛰어난 인내력, 그리고 잘 단련된 육체들을 필요로 했다.

당시 나락곡의 고위직에 있었던 '한 인물'의 도움으로 홍공은 자신의 마공을 더욱 완성도 높게 다듬을 수 있었고, 그 결과 무림에는 몇 번의 거대한 혈겁이 일어나게 되는 것이다.

추이가 홍공과 만나게 되는 것은 원래 그로부터 한참 뒤의 일이었다.

　……하지만. 과거로 회귀한 추이는 그 시점을 훨씬 더 앞당기려 하고 있었다.

　복수라는 명분이 다가 아니라, 수많은 혈겁을 거치는 동안 삶이 망가졌던 과거의 인연들을 지키기 위해서이기도 했다.

　당장 호예양과 오자운만 해도 그랬지 않은가.

　'홍공. 나의 옛 스승이자 만악의 근원.'

　추이는 눈앞의 청야차들을 향해서 매화귀창을 들어 올렸다.

　'기다려라. 지금 만나러 간다.'

　추이는 눈앞에 있는 여섯 불사자들을 향하여 내달렸다.

　…쉬익!

　창이 독사의 대가리처럼 뻗어 나갔다.

　청야차 두 명이 각각 창과 칼을 뻗었다.

　빙글—

　추이는 창대를 휘둘러 청야차 하나를 후려쳤다.

　떠—엉!

　쇠붙이로 사람 몸을 때렸는데 마치 커다란 종이 울리는 듯한 소리가 난다.

　청야차 하나가 나가떨어지는 순간, 추이는 손을 확 뻗어서 반대편에 있던 청야차를 끌어당겼다.

　추이의 손에 잡힌 청야차가 두 손에 들린 기형 쌍검을 휘두르려는 순간.

뿌—작!

위에서 아래로 떨어져 내린 송곳이 청야차의 정수리에 내리꽂혔다.

…삐슉! …뿌슉! …파사삭!

두개골이 박살 나며 살얼음 형태의 피와 뇌수가 흩뿌려졌다.

바들바들바들바들바들바들바들……

송곳이 정수리에 수직으로 꽂히자 청야차는 바닥에 뒤집어졌다.

그러고는 불길에 그슬린 바퀴벌레처럼 팔다리를 버둥거리기 시작했다.

추이는 다시 한번 송곳을 휘둘러 또 다른 청야차의 골통을 수직으로 뚫어 부쉈다.

빠—각!

두 명의 청야차가 바닥에 쓰러져 버둥거린다.

추이의 무표정한 얼굴에 튄 붉은 살얼음.

그것이 체온에 의해 녹아서 천천히, 끈적하게 흘러내린다.

"강시와 싸울 때는 이처럼 천령개(天靈蓋)를 찌르면 된다."

태연한 표정, 느른한 목소리.

하지만 그것과는 전혀 상반되는 손속.

"죽일 수는 없어도 더 싸우지 못하게는 만들 수 있거든."

남궁율과 죄수들은 물론 강시들마저 주춤거리게 만드는 살벌함이었다.

 ⚘

　　한때 인간이었던 것들이 벌레처럼 발버둥 친다.

　　딱히 삶을 갈구하기 위한 몸부림도 아니었기에 그것은 더더욱 기괴하게 보였다.

　　"강시와 싸울 때는 이처럼 천령개(天靈蓋)를 찌르면 된다."

　　추이는 두 구의 강시를 내려다보며 무감정한 어조로 말했다.

　　"죽일 수는 없어도 더 싸우지 못하게는 만들 수 있거든."

　　"……."

　　"이해했나?"

　　"……."

　　상황에 어울리지 않는 태연한 표정과 느른한 목소리는 오히려 더욱 무시무시하게 들린다.

　　남궁율과 죄수들은 아무런 말도 하지 못했다.

　　새삼 추이의 강함과 노련함이 피부로 한껏 와닿고 있었다.

　　하지만 견술은 그런 추이가 더욱 마음에 들었다는 듯 한껏 상기된 얼굴이었다.

　　"나는 우리 예쁜이처럼 그렇게 섬세하게 찌르진 못하겠는데? 그 대신 팔다리만 잘라 놓을게! 그러면 되지 뭐.”

개작두가 거칠게 휘둘러진다.

“제까짓 게 안 죽으면 어쩔거야? 팔다리가 없는데!”

견술은 상대의 손목과 발목, 모가지만을 집요하게 노리고 있었다.

청야차 하나가 채찍을 자신의 몸 관절에 휘감고는 견술의 개작두를 막아 냈다.

…퍽! …퍽! …퍽! …퍽! …퍽! …퍽! …퍽! …퍽!

작두날이 청야차의 몸을 때릴 때마다 도끼가 나무를 패는 소리가 들려왔다.

빠—각! 우드드드득!

견술의 마지막 초식에 맞은 청야차가 일순간 몸의 균형을 잃어버렸다.

작두날에 맞은 왼쪽 무릎이 반쯤 찢겨 나간 것이다.

…쿵! 버둥버둥버둥!

청야차는 땅바닥에 엎어진 와중에도 두 팔을 놀려 채찍을 휘둘렀다.

견술은 기겁을 하며 뒤로 물러났다.

“우와, 이 자식들 진짜 겁대가리가 없네! 강시라서 그런가? 예쁜가— 나는 하나가 고작일 것 같은데?”

추이가 청야차 둘을 없앴지만 아직 넷이 더 남았다.

그중 견술이 잡아 놓고 있는 청야차가 하나, 그러니 남은 것은 셋이다.

추이는 지금 그 셋을 한꺼번에 상대하고 있었다.

까가가가가각!

매화귀창에 얽힌 칼 네 자루와 창 한 자루에서 불똥이 튄다.

쌍검을 든 청야차가 둘, 기형창을 든 청야차가 하나.

그것들은 삼각의 방진을 짜서 추이를 철저하게 압박해 오고 있었다.

"……."

추이는 세 청야차들의 사이로 거침없이 뛰어들었다.

보통 삼각형의 사이로 들어오게 되면 끊임없는 연환 공격의 대상이 되어 속수무책으로 당해 버리기 마련.

……하지만 그것은 방어에 모든 신경을 집중하고 있을 때의 이야기다.

추이는 수비를 도외시한 채 창을 내질렀다.

콰직!

추이의 창은 맞은편에 있던 청야차의 가슴팍에 꽂혔다.

청야차의 몸뚱이는 그 힘에 떠밀려 저 뒤로 나가떨어진다.

그동안 두 구의 강시가 각각 양손의 쌍검을 내질렀다.

…퍼퍽! 뿍!

네 개의 칼들 중 두 개가 각각 어깨와 배에 박혔지만 추이의 표정에는 조금의 변화도 없었다.

철커덕! 차라라라라라락!

세 개의 마디로 꺾인 매화귀창이 채찍처럼 휘둘러졌다.

…퍼퍽!

가장 끝마디의 창날이 뱀처럼 휘어지며 두 청야차의 목을 단번에 날려 버렸다.

팍삭!

단단하게 얼어붙은 두 머리통이 바위에 부딪쳐 깨진다.

살얼음 형태의 피와 뇌수들이 흰 눈 위로 걸쭉하게 흩뿌려졌다.

하지만 목을 잃은 청야차들은 계속해서 움직였다.

마치 대가리가 떨어져 나간 생선이나 벌레가 계속 펄떡거리는 듯한 광경이었다.

…뿌드득! …꾸드득!

청야차들은 추이의 몸에 박힌 칼을 더더욱 힘주어 박아 넣었다.

하지만.

"더 꽉 밀어넣어라. 그래야 깊게 박힌다."

추이는 청야차들의 칼이 자신의 몸을 파고드는 것을 막지 않았다.

오히려 칼날이 몸속으로 더욱 깊숙이 박히게끔 길을 터 주기까지 했다.

이윽고, 추이는 칼날이 박힌 곳에 힘을 주었다.

우드드드득……

근육이 수축하며 칼날을 단단히 붙잡아 조인다.

청야차들은 황급히 칼을 잡아당겼지만 그것은 이미 추이의 몸에 단단히 박혀 빠지지 않고 있었다.

팩-

그 상태에서 추이는 몸을 한번 세게 비틀어 회전시켰다.

…우드득!

상처가 크게 벌어졌지만 그 대신 두 청야차는 무기를 하나씩 잃어버리게 되었다.

추이는 몸에 칼 두 자루가 박힌 채로 물러났다.

그리고 온 힘을 다해 창을 던졌다.

쉐에에에에에에엑!

매화귀창이 허공을 날아 왼쪽에 있던 청야차를 향했다.

시뻘건 창기가 너울거리며 붉은 궤적을 그어 놓는다.

청야차는 쌍검을 교차해서 창을 막으려 했으나, 칼이 하나 모자랐기 때문에 완벽히 방어할 수 없었다.

쩌저저적! …빠캉!

추이가 집어 던진 창은 청야차의 칼을 산산조각 내고 그대로 내리꽂혀 그것의 허리를 끊어 놓았다.

퍼-억!

청야차의 상체와 하체가 완전히 분리되었다.

양쪽의 절단면을 통해서 얼어붙은 뼛조각과 내장 조각들이 흩뿌려지고 있었다.

동시에, 추이는 자신의 몸에 박힌 칼 두 자루를 뽑아냈고 그것들을 다른 청야차의 발목을 향해 집어 던졌다.

두 자루의 칼이 빙글빙글 회전하며 날아갔고 그대로 오른쪽 청야차의 발목을 통과하여 눈밭에 꽂혔다.

썩둑! 썩둑! …쿵!

양쪽 발목을 잘린 청야차는 그대로 바닥에 넘어져 허우적거리기 시작했다.

바로 그 순간.

"……!"

추이는 자신을 향해 뛰어오르는 마지막 청야차를 마주했다.

아까 전에 창에 맞아 나가떨어졌던 개체였다.

쉬익—

긴 장창이 추이의 목을 노리고 쏘아져 온다.

추이는 미간을 찡그렸다.

"……."

손에 창도 없고 칼도 없다.

심지어 송곳 두 개도 아까 전에 손을 떠났다.

'이건 완전히 피하기 힘들겠군.'

등 아니면 배. 어쩌면 둘 중 하나는 내줘야 할지도 모르겠다.

추이가 어느 쪽이 그나마 피해를 줄이는 길일지 고민하고 있을 바로 그때.

"지금이야! 던져!"

남궁율의 목소리가 카랑카랑하게 울려 퍼졌다.

동시에 추이와 청야차의 사이로 시커먼 무엇인가가 확 펼쳐졌다.

그것은 서세치를 비롯한 죄수들이 수레에서 가져온 그물이었다.

좌라라라라락!

넓게 펼쳐진 그물이 청야차를 덮쳤다.

청야차가 그물코를 잡아 찢으며 허둥대는 동안, 남궁율이 추이를 향해 자신의 검을 던졌다.

"받아요!"

남궁세가의 보물 어장검.

그것이 다시 한번 추이의 손에 쥐어졌다.

추이는 손을 뻗어 어장검을 낚아챘다.

"삽혈맹세 때가 생각나는군."

"지, 지금 농담할 때에요!?"

남궁율의 외침에 추이는 천천히 고개를 돌렸다.

그러고는.

…사뿍!

버둥거리던 청야차의 목을 그물째로 잘라 내 버렸다.

[⋯⋯! ⋯⋯! ⋯⋯!]

아무리 강시라고 해도 머리의 존재는 중요한가 보다.

청야차의 몸짓은 아까와는 비교조차 되지 않을 정도로 느려졌다.

"하앗!"

남궁율이 청야차가 떨군 창을 집어 들고는 그대로 내질렀다.

쿡—

청야차는 남궁율이 찌른 창에 맞고는 뒤로 나자빠졌고, 버둥거리기는 했으되 다시 일어나지는 못했다.

"어휴, 뭐 이런 것들이 다 있어?"

저 멀리서 견술이 질겁하는 소리가 들려왔다.

그 역시도 방금 막 청야차 하나를 너덜너덜하게나마 반으로 쪼개 놓은 참이다.

"미친 것들. 목이랑 팔다리를 죄 썰어 놨는데도 여태 펄떡대네. 어휴— 꿈에 나타날까 무섭다."

"기름을 뿌리고 태워라. 그 뒤 땅속에 묻어야 한다."

추이가 짧게 말했다.

이윽고, 죄수들이 분주하게 움직이기 시작했다.

아직도 버둥거리는 청야차들을 구덩이 속에 던져 놓고 기름을 뿌려 태운다.

화르륵! 화륵! 뿌지지지지지직!

불 속에서 청야차들이 꿈지럭거리는 것이 구덩이 밖에서도 보였다.

절단된 머리가 이빨을 따각따각 부딪치고, 떨어져 나간 팔과 다리가 손가락 발가락을 이용해 거미처럼 기어다니고, 덩그러니 남은 몸통에서는 뱀 같은 힘줄들이 불끈불끈 요동쳤다.

불 속에서도 한동안 움직이던 그것들은 약 반 각 정도가 지나고 나서야 움직임을 멈췄고 이내 평범한 피륙처럼 타들어갔다.

그제야 죄수들은 구덩이를 흙으로 메꿀 수 있었다.

한편, 남궁율은 추이의 몸에 난 상처들을 바라보고 있었다.

"어떡해요 이 상처들…… 금창약도 다 떨어졌는데……."

그녀는 금방이라도 울 듯한 얼굴을 하고 추이의 어깨와 배를 어루만지고 있었다.

남의 상처를 보고 자신이 아픈 것은 처음이었다.

그녀는 손을 뻗어 추이의 몸 위를 쓸었다.

하얀 옥처럼 고운 살결이 온통 터지고 갈라지며 붉은 속살을 드러냈다.

근육 섬유들이 찢어져 실타래처럼 나부꼈고 그 속으로 누렇고 퍼런 내장과 혈관들이 드러나 보이고 있었다.

"둬라. 그냥 두면 낫는다."

"두긴 뭘 둬요! 아프지도 않아요?! 이대로 두면 곪는다구요!"

추이의 덤덤한 반응이 이해되지 않는다는 듯 목소리를 높이는 남궁율.

바로 그때.

"저기……."

남궁율의 뒤에서 누군가가 조심스럽게 말을 꺼냈다.

바로 서세치였다.

"괜찮으시다면 이것을 좀 쓰시겠습니까?"

서세치가 내민 것은 바로 금창약이었다.

얼마 전, 발이 부르터서 안 되겠다며 이십 패리가를 내고 샀던 약이다.

남궁율은 황급히 말했다.

"주세요! 돈은 제가 두 배로 물어드릴게요! 얼른!"

그녀는 추이를 치료하기 위해서라면 가진 돈을 다 쓸 기세였다.

하지만, 서세치의 입 밖으로 나온 말은 다소 뜻밖의 것이었다.

"제, 제가 쏘는 겁니다. 너무 부담스러워 하지 마십쇼."

"……."

그러자 추이가 서세치를 빤히 바라보았다.

표정에는 '왜 굳이?'라고 쓰여 있다.

서세치는 씁쓸하게 웃으며 말을 이었다.

"사실 말입니다. 저번 전서구로 편지 한 통을 받았거든요. 가족들이 저를 완전히 등졌다는 모양입니다."

"……."

"뭐, 상관없습니다. 원래 부모는 없었고, 마누라는 제 돈만 보고 결혼했던 거였으니까. 제가 파촉설산으로 상행을 떠났다는 소식을 듣자마자 바로 옆집 기생오래비 놈이랑 눈이 맞았다더군요. 어쩌면 그 전부터 붙어먹었을 수도 있고요."

"……."

"자식들도 다 애미 따라간 모양입니다. 지금까지 가족들 호강시켜 주려고 그렇게 열심히 돈 빼돌렸던 거였는데, 이제 다 소용없게 되었습니다 그려. 허허허—"

서세치는 금창약을 남궁율의 손에 쥐어 주었다.

"그러니까 이 약은 천두님 쓰십시오. 어차피 다 공금을 빼돌려 모은 돈으로 산 것들인데 이렇게라도 쓰여서 차라리 잘됐습니다. 그동안 양민들을 직접적으로 괴롭혔던 적은 없지만…… 그래도 다 간접적으로 나쁜 영향을 미쳤겠지요. 그런 돈이니 이제 와서 새삼…… 응?"

순간, 서세치가 말을 멈췄다.

츠츠츠츠츠츠츠……

추이의 몸에 났던 상처들이 저절로 아물고 있었기 때문이다.

그 광경을 보고 있던 남궁율도 서세치도 깜짝 놀라 입을 반쯤 벌렸다.

고─오오오오……

추이의 상처에서 시뻘건 혈액이 부글부글 끓어오른다 싶더니 이내 붉은 아지랑이처럼 피어오른다.

그럴 때마다 상처가 붙고, 피딱지가 영글며, 멍과 붓기가 빠지고, 혈색이 올라왔다.

이윽고. 추이의 몸은 예전처럼 상처 하나 없는 매끈한 상태로 되돌아왔다.

스윽─

추이는 피부 위에 말라붙은 피딱지들을 훅 불어서 털어낸 뒤 다시 피풍의를 걸쳤다.

그러고는 금창약을 든 채 뻘쭘하게 서 있는 서세치를 향해 말했다.

"필요 없고, 수레나 끌어라."

"……."

청야차들을 모두 물리치고 난 뒤에도 추이에게는 변한 점이 딱히 없었다.

여전히 날벌레라도 털어 낸 양, 아주 태연한 표정이었다.

눈보라, 얼어붙은 땅, 단단하게 굳은 눈, 뾰족한 고드름만
이 보이는 세계.

죄수들이 끄는 마차는 어느새 파촉설산을 오르고 있었다.

"……."

"……."

"……."

서세치를 비롯한 모든 이들은 깨달았다.

횡령금을 모조리 토해 낸 이상 추이가 굳이 자신들을 더
살려 놓을 필요가 없다는 것을.

더군다나 얼마 전에 반란이라는 불미스러운 일까지 있었
지 않은가.

그래서 그들은 하나같이 입을 다물고 온 힘을 다해 마차를
끌었다.

그것이 자신들의 유일한 존재 가치였으니까.

"흐응…… 좌절과 절망만이 감도는 이 우울한 분위기, 나
는 좋아. 살풍경한 설원의 정경과도 잘 어울려."

견술은 채찍을 들고 죄수들을 부리며 즐거워하고 있었다.

두꺼운 털옷을 입은 채 따뜻한 차를 마시며 낄낄거리는 그
를 보며 남궁율은 미간을 찡그렸다.

"죄수분들에게 좀 잘 대해 주세요. 어차피 은닉 자산들도

다 환수했잖아요. 전에 서세치라는 분은 사비로 금창약을 사서 제게 주셨어요. 그분, 사정을 들어 보니 조금 딱하던 데…….”

남궁율이 자신을 비호해 주자 서세치의 두 눈에 눈물이 글썽글썽 맺혔다.

하지만 견술은 토할 것 같다는 표정을 지으며 고개를 저었다.

“착한 척 좀 하지 마 애. 저것들이 마차를 끌어 주니까 우리가 편하게 위로 올라갈 수 있는 거야. 그래야 나중에 전투가 벌어졌을 때 최대한 힘을 낼 수 있는 거고. 어휴, 난 이래서 정도 놈들이 싫어. 위에 있으면서 맨날 아래를 위하는 척척 척, 그놈의 척. 지들보고 아래로 내려오라고 하면 질색팔색을 할 놈들이 맨날 아랫것들을 위하는 척하지.”

“그렇다면 저는 지금부터라도 마차에서 내려서 걸어가겠어요.”

“마음대로 해. 그런다고 해서 죄수 새끼들이 너한테 고마워할 것 같아? 저것들이 돈 토해 냈다고 해서 착해졌을 것 같애? 그거 착각이야~ 단순히 돈 토해 내서 착해졌을 놈들이면 애초에 사람 죽이고, 아이 유괴하고, 부녀자 겁간하는 짓을 안 했겠지. 아마 저놈들 중에는 저번 반란에 가담할까 말까 하다가 무서워서 못 했던 놈들이 태반일걸?”

견술은 남궁율을 향해 빈정거렸다.

그리고 앞에서 마차를 끄는 죄수들을 향해 말을 이었다.

"너희들 중에 아직 딴생각 품고 있는 놈들이 있다는 거 다 안다~ 충고하는데, 더 이상 허튼짓은 하지 말라고. 목숨은 패리가 주고도 못 사, 알지?"

"……."

서세치의 옆에서 수레를 끌던 몇몇 죄수들이 움찔하며 고개를 숙인다.

바로 그때.

"이쪽이다."

앞서서 말을 몰아 나갔던 추이가 되돌아왔다.

얼음벌판 위에서도 능숙하게 말을 다루는 추이를 보며 건술이 휘파람을 불었다.

"예쁜이. 빙판에서 말 모는 솜씨가 수준급인데?"

"군에 있었으니까."

"군영에서는 얼음 위에서 말 모는 법도 가르쳐 줘?"

"변방의 최전선은 춥다."

짧게 대답하는 추이.

그런 추이를 보고 있던 남궁율의 볼이 다시 한번 불그스름해졌다.

등천학관에 있을 때 그녀는 수많은 귀공자들의 구애를 받았었다.

그 귀공자들은 하나같이 크고 멋진 명마를 타고 와 자신의 부와 뒷배를 뽐냈다.

남궁율은 남자들의 그런 허세와 겉멋을 경멸했고 그에 따라 기마술에도 큰 관심을 갖지 않았었다.

방금 전, 추이가 말을 다루는 것을 보기 전까지만 해도 말이다.

'말을 잘 모는 게…… 생각보다 멋있는 거였구나.'

뭐, 아무튼.

추이는 죄수들을 이끌고 눈보라 몰아치는 벌판을 지나갔다.

야트막한 봉우리를 넘어, 얼어붙은 호수를 지나, 고사목들의 숲을 통과하자 이내 커다란 동굴 하나가 보였다.

입구에는 오래된 팻말 하나가 부러져 있었다.

폐광(廢鑛).

재로 삐뚤빼뚤하게 적어 놓은 글씨.

추이와 죄수들은 팻말을 지나 동굴 안쪽으로 깊숙이 들어갔다.

화르륵—

선두에 있던 서세치가 횃불을 밝혔다.

이윽고, 폐광의 풍경이 훤히 드러난다.

석탄과 철광석이 훤히 드러나 있는 벽, 썩어서 무너진 축대, 버려져 있는 각종 채굴 도구들.

그 외, 오래된 밥그릇이나 이불, 책, 신발, 옷가지 등의 쓰레기들이 먼지 쌓인 채 방치되어 있었다.

"히익! 여기 웬 해, 해골이!?"

서세치는 갱도 한쪽에 쓰러진 채 백골이 되어 있는 시체를 보며 기겁했다.

전체적으로, 이곳은 아주 오래 전에 채굴이 중단된 폐광처럼 보였다.

'……기억 속 그대로군.'

수십 년 동안 버려져 있었던 이곳을 추이는 추억에 잠겨 돌아보았다.

한때 고된 임무를 마치고 귀환하던 시절, 우연히 발견한 이곳에서 상처를 치료했던 적이 있다.

하지만 그 사실을 알 리 없는 견술과 남궁율은 의아해하는 기색이었다.

"예쁜아. 이런 데는 어떻게 알고 온 거야? 아니, 애초에 왜 온 거고?"

"신기한 폐광이네요. 안쪽으로 들어가면 갈수록 더워져요. 미묘하게 내부가 환한 것 같기도 하고."

하지만 추이는 그들의 질문에 대답하지 않았다.

어차피 의문점들은 곧 풀리게 될 것이기 때문이다.

"이곳에다가 짐을 풀어라."

그 말을 들은 죄수들의 표정이 밝아졌다.

서세치가 두 팔을 번쩍 들어 올리며 외쳤다.

"으아아! 만세! 드디어 고된 여정이 끝난 것입니까!?"

죄수들의 눈에는 감격의 눈물이 맺힌다.

그 머나먼 혹한의 땅까지 엄청난 무게의 마차들을 끌고 왔으니 그럴 만도 하다.

하지만.

"……?"

그런 죄수들을 향해 추이는 고개를 갸웃할 뿐이었다.

"무슨 소리냐. 지금까지는 그냥 목적지를 향해 왔을 뿐이고."

멍한 표정을 짓는 죄수들의 귓가에 추이의 말이 뒤이어졌다.

"너희들의 진짜 임무는 아직 시작도 안 됐다."

동굴 내부의 구조는 특이했다.

개미굴처럼 구불구불 뚫린 갱도들을 거침없이 걸어가던 추이.

그 뒤를 따르던 죄수들은 이내 놀라운 광경 앞에 멈춰 섰다.

부글부글부글부글……

까마득한 지하 속에는 찬란한 빛과 함께 고열이 끓는다.

지표면에 갈라진 거대한 틈 사이로 시뻘건 용암이 흐르고 있었다.

눈이 멀 듯한 빛의 아지랑이가 일렁거렸고 매캐한 연기들이 구름처럼 피어올라 천장의 구멍을 통해 빨려 들어간다.

…퐁당!

천장에 있던 종유석에서 떨어진 액체가 용암 속으로 떨어지며 파문을 만들었다.

이슬이나 지하수가 떨어지는 것이 아니라 종유석 그 자체가 흐물흐물 녹아서 떨어져 내리는 현상이었다.

"세상에……."

견술과 남궁율, 죄수들의 반응은 똑같았다.

설마 차디찬 동토 아래에 이토록 엄청난 비경(祕境)이 파묻혀 있을 줄 누가 알았겠는가.

"이곳은 지층 아래에 갇혀 있던 지열이 올라오는 곳이다. 바위조차 녹아내릴 정도지."

추이의 목소리에 압도된 죄수들은 입을 다문 채 말이 없다.

이윽고, 추이는 죄수들을 이곳까지 끌고 온 진짜 목적을 밝혔다.

"너희들은 지금부터 이곳의 철광석을 캐서 제련해라. 만들 것이 있다."

추이는 석탄을 들어 벽에다가 무언가를 그렸다.

끝이 뾰족하고 반대편은 뭉툭한 모양의 긴 작대기.

일견 보기에는 평범한 못이나 말뚝처럼 보였다.

"이런 쇠말뚝을 만들어야 한다."

그 뒤는 죄수들이 해야 할 작업들에 대한 설명이 이어졌다.

"철광석을 채굴해라. 그리고 그것을 용암의 불길에 녹여라. 그 뒤에는 거푸집에 붓고 설산의 눈을 이용해서 굳히면 된다."

추이의 명령에 죄수들은 아연실색했다.

서세치가 슬그머니 손을 들고 질문을 했다.

"저…… 천두님. 외람되지만 질문이 하나 있습니다. 저희는 철을 제련하고 뭐 그런 것은 잘 모르는데요……. 정제조차 제대로 못한 똥철을 캐다가 쇠말뚝을 만들었다가는 조잡해서 영 못 써먹으실 겁니다. 시간이 지나면 금방 부식되어 버릴 게 분명하니……."

"대충 캐서, 대충 녹이고, 대충 굳혀라. 딱히 쇠말뚝의 질이 좋을 필요는 없다."

오래 쓸 수 있는 튼튼한 쇠말뚝을 요구하는 것이 아니다.

비전문가가 어설픈 솜씨로 만든 것도 딱히 상관없는 모양.

추이가 명령을 내렸다.

"이제부터 조를 다섯 개로 나누겠다. 일 조는 철광석을 캔다. 이 조는 장작을 구해 온다. 삼 조는 풀무질을 해서 불이 꺼지지 않게끔 한다. 사 조는 녹인 쇠를 거푸집에 붓는다. 오 조는 식은 쇠말뚝을 꺼내서 나른다. 실시."

"저, 잠시만요! 하나만 더 질문드리겠습니다!"

서세치가 안절부절 못하는 눈치로 물었다.

"저런 쇠말뚝을 몇 개나 만드시려는 것입니까?"

"천 개 정도."

쇠말뚝 천 개.

말문이 막히는 수량이다.

하지만 죄수들은 그렇게까지 절망하지 않았다.

질을 따지지 않겠다고 하니 정말 어설프게 만들어도 될 것이다.

비록 어딘가에 박아 넣으면 채 몇 년도 되지 않아서 녹슬어 바스라지겠지만, 그것은 죄수들이 알 바가 아니었다.

'그래. 까짓거, 쇠말뚝 그 쬐깐한 것 하나 만드는 데 천 년이 걸려? 만 년이 걸려? 밤 새워 가면서 후딱 후딱 만들면 천 개쯤이야…….'

서세치는 작게 한숨을 쉬었다.

그리고 고개를 끄덕였다.

"아, 알겠습니다. 제 전 처가가 대장간이었어서 다행이군요. 장인어른의 기술은 대충 어깨너머로 배워서 흉내는 낼 수 있습니다."

그 말에 다른 죄수들의 표정도 밝아졌다.

대충이나마 아는 사람이 있으면 작업이 훨씬 편해지기 때문이다.

추이는 고개를 끄덕였다.

"그럼 네가 총괄 조장을 맡아라."

"헉? 제, 제가요? 알겠습니다! 믿어 주셔서 감사합니다!"

서세치의 표정이 밝아졌다.

처음 여정을 떠날 때 꾸었던 꿈.

추이의 심복이 되어 노역을 조금이라도 편하게 하겠다는 바람이 막 이루어진 것이다.

하지만.

"일주일 안에 쇠말뚝 천 개. 제 시간 안에 못 만들면 네 목부터 자른다."

"……"

추이에게 있어 심복이라는 개념은 조금 다른 모양이다.

권리 따위는 전혀 없고 의무와 책임만이 존재한달까.

결국 서세치는 반쯤 체념한 표정으로 고개를 끄덕였다.

"알겠습니다. 쇠말뚝 천 개라…… 일주일이면 어찌어찌 가능할 것도 같군요. 참, 쇠말뚝의 크기는 어느 정도로 하면 되겠습니까? 일단 거푸집부터 만들어야 하니."

"그리 클 필요는 없다."

"그렇군요. 그래도 얼추 어림은 잡아 주셔야……."

서세치의 말을 들은 추이는 고개를 끄덕였다.

그리고.

저벅— 저벅— 저벅—

옆으로 몇 걸음을 걸어가더니 한쪽 벽면의 끝에 가 섰다.

"?"

서세치를 비롯한 죄수들이 의아한 표정을 짓는다.

이윽고, 벽 끝에 선 추이의 입이 열렸다.

"여기서부터."

동시에, 추이가 걷기 시작했다.

저벅— 저벅— 저벅—

계속 걷는다. 반대쪽 벽이 있는 곳까지 계속 계속 걸어간
다.

저벅저벅저벅저벅저벅저벅저벅저벅저벅저벅저벅저벅저
벅저벅……

모든 죄수들이 보는 앞에서 추이는 약 오십 보가량을 나아
갔다.

그러고는 반대쪽 벽에 딱 붙어서 섰다.

"여기까지."

멍한 표정을 짓고 있는 죄수들 앞에서, 추이가 태연한 어
조로 대답을 이었다.

"이것이 말뚝 하나의 크기다."

대략 십오 장(丈)에 육박하는 어마어마한 길이의 쇠말뚝.

그런 것을 천 개.

"……."

폐광 속의 죄수들은 하나같이 아무런 말도 하지 못했다.

살아 있는 것이 존재하지 않는 듯한 침묵.

그 속에서는 오직 추이의 목소리만이 울려 퍼지고 있었다.

"뭐 해? 빨리 안 만들고."

폐광 속은 토법고로(土法高爐) 그 자체를 방불케 했다

곡괭이가 돌벽을 때리는 소리, 용암에서 길어 온 불길을 삭정이에 옮겨 붙이는 소리, 화로가 뜨겁게 달궈지는 소리, 풀무가 바람을 내뿜는 소리, 철광석이 부글거리며 녹아내리는 소리…….

죄수들은 땀을 뻘뻘 흘리며 철광석을 캐고 그것을 녹였다.

"이봐! 그렇게 하면 안 된다고 했잖아! 아무리 그래도 불순물이 그렇게 섞이면 제 형태를 유지하지도 못한다고! 어이! 쇳물을 그렇게 빨리 붓지 말랬지!? 거푸집 밖으로 넘치잖아! 엇!? 야! 야! 야! 불! 불 꺼진다! 어어어어어! 장작 더 넣어 빨리! 풀무 뭐 해!?"

서세치는 다섯 개 조로 나뉜 죄수들을 닦달하며 작업을 이

끌어 가고 있었다.

폐광에서 캐낸 철광석들을 화로 속에 녹여서 쇳물로 만든
다.

부글부글부글부글부글부글……

죄수들은 쇳물을 퍼다가 그것을 커다란 거푸집에 부어 넣
었다.

그리고 설원에서 퍼 온 눈과 얼음을 덮어 그것을 차게 식
혔다.

치이이이이이이이이이이이익……

이윽고, 쇠말뚝 하나가 모습을 드러냈다.

하지만 그것은 거푸집에서 꺼내자마자 요란한 소리를 내
며 두 동강으로 깨져 버렸다.

서세치는 손으로 얼굴을 짚었다.

"이래서는 안 돼. 천두님께서는 굳이 잘 만들 필요가 없다
고 하셨지만…… 최소한 어디 땅에 때려 박을 수는 있어야
지. 박기도 전에 깨져 버리는 건 너무했잖아."

지금은 남이 된 전처가 떠오른다.

서세치는 젊었던 시절, 처가살이를 할 적에 장인어른의 대
장간에서 잠시 일을 도왔던 경험이 있었다.

'그때 어떻게 했더라?'

분명 쇳물을 끓여서…… 거푸집에 넣고…… 차게 식혀
서…… 망치로 두들기고…….

'잠깐? 망치로 두들겨?'

서세치의 눈이 번쩍 뜨였다.

"그래! 담금질! 선철을 망치로 두들겨서 불순물을 빼내야 해. 달궈서 두들기고, 접어서 두들기고, 이 과정을 적어도 몇 번은 더 해야……."

바로 그때.

…따앙! …땅! …땅!

옆에서 요란한 망치질 소리가 들려오기 시작했다.

서세치가 황급히 고개를 돌린 곳에는 한 남자가 망치로 주철을 두들기고 있는 것이 보였다.

이윽고, 남자는 거푸집에 쇳물을 몇 바가지 퍼서 끼얹었다.

푸쉬이이이이이이이이익……

물이 수증기로 변해 사라지고 나자 이내 거대한 쇠말뚝 하나가 완성되어 있었다.

서세치의 눈이 흔들렸다.

"공손호…… 너 이 자식. 쇠를 다룰 줄 알고 있었냐?"

"흥, 어설픈 놈의 지시는 필요없다. 나는 진짜 대장장이 출신이라 이거야."

공손호라고 불린 텁석부리 사내가 몸을 돌렸다.

그는 일전에 추이에게 덤볐다가 죽은 공손합의 동생이자, 반란을 일으켰다가 죽은 공손앙의 형이었다.

공손호는 서세치를 향해 비웃음을 머금었다.

"어깨너머로 대충 배운 걸로 대장간 일을 할 수 있을 거라고 생각하다니, 얼간이 놈."

"뭐, 뭐가 어째? 추이 천두님께서는 나를 책임자로 임명하셨다! 어디서 감히 불손하게!"

"까불지 마라. 뭣도 모르는 놈의 지시를 들을 생각은 없어."

공손호와 서세치의 대립에 죄수들이 술렁거리기 시작했다.

공손호는 씩 웃으며 말했다.

"추이, 그놈이 시키는 일은 할 것이다. 당장 목이 달아날 판이니 그것은 어쩔 수 없지."

"……"

"하지만 그놈에게 내 형과 동생이 죽었어. 우리 삼형제 중 살아남은 이는 나 하나뿐이란 말이다. 어찌 복수심을 품지 않을 수 있겠나? 으응?"

성큼성큼 다가와 망치를 들이미는 공손호 앞에 서세치는 식은땀만 삐질삐질 흘릴 뿐이다.

이윽고, 공손호가 씩 웃었다.

"지금까지는 그놈의 손아귀에 꽉 잡혀 있어서 감히 딴마음을 품기가 어려웠지만…… 이곳에서라면 다르다. 이제는 그놈 역시도 우리에게 의존할 수밖에 없는 상황 아니냐?"

죄수들이 술렁거리기 시작했다.

그동안 유순해졌던 눈빛들이 대번에 뒤바뀌며 독기가 뿜어져 나오고 있었다.

공손호는 그런 죄수들을 향해 웃었다.

"나만 믿어라. 내 반드시 그놈에게 한 방 먹일 터이니."

죄수들이 동조하기 시작했다.

손목과 발목에 묶인 사슬을 흔들며 고함치는 꼴이 당장이라도 폭발할 것 같았다.

'이, 이러다 무슨 일 나지…….'

서세치는 슬그머니 도망치려 했다.

하지만.

…턱!

공손호가 서세치의 어깨에 손을 올렸다.

"이봐 염소수염."

"……."

"너도 추이, 그놈 때문에 모든 걸 잃지 않았냐? 돈도, 가족도 말이야."

"……."

"우리와 손을 잡자. 모두가 힘을 모은다면 그놈을 죽여 버릴 수 있어. 이곳 설산에서 말이야."

서세치의 눈이 가늘게 떨리기 시작했다.

공손호는 부드러운 어조로 그런 서세치를 꼬시기 시작했다.

"너는 추이에게 아무 문제 없다고만 해. 그냥 그 말만 반복하면 돼."

"……."

"아, 걱정 말라고. 쇠말뚝은 예정대로 만들 거야. 품질에 아무 이상 없게, 그놈이 주문한 규격대로. 다만…… 그걸 다 만들었을 때 놈의 목숨도 끝나겠지. 다 계획이 있다니까."

서세치의 주위로 다른 죄수들이 몰려든다.

어느새 서세치를 제외한 모든 죄수들이 번들거리는 눈으로 그를 바라보고 있었다.

공손호가 말했다.

"내가 다 알아서 할 테니, '돕겠다'라고 한마디만 하라고."

"……."

폐광 안이 용광로처럼 뜨거워지기 시작했다.

서세치의 이마에 굵은 땀방울이 맺혔다.

이윽고.

"나는……."

서세치가 결단을 내렸다.

눈보라 몰아치는 설산.

추이는 현재 높은 봉우리 바로 아래에 붙어 있는 평야를 걷고 있었다.

"별 이상하게 생긴 지형을 다 보겠네. 어이— 예쁜아! 여기는 왜 온 거야?"

견술이 고개를 두리번거렸다.

높은 봉우리와 낮은 봉우리 사이에 존재하는 평야 형태의 봉우리는 확실히 이 일대에서 찾아보기 힘든 지형이었다.

"……."

추이는 말없이 평야를 가로질렀다.

무언가를 찾고 있는 기색이었다.

한편, 뒤따라오는 남궁율은 계속 불안한 기색이었다.

그녀는 결국 참다못해 추이를 불렀다.

"저기, 추 소협. 신경 쓰이는 점 하나가 있어요."

"뭐냐?"

추이가 고개를 돌렸다.

옆에서 견술이 왜 자기 질문에는 대답을 안 해 주냐고 화를 냈지만 그것은 눈보라 소리에 금방 묻혀 버렸다.

남궁율이 말했다.

"폐광 말이에요. 죄수들에게 그냥 맡겨 놔도 될까요? 혹시 반란이라도 다시 일어나면 어쩌나 해서요."

그러자 추이 대신 견술이 대답했다.

"얼렐레? 얘, 너 저번에는 뭐 죄수 분들이 안됐네 뭐네 하더니만, 이제 와서는 또 왜 그래?"

"그게 아니라…… 폐광을 나오기 전에 뭔가 낌새가 이상했거든요. 저도 눈치는 꽤 빠르다고요."

남궁율은 눈을 가늘게 뜨며 말했다.

견술은 그런 남궁율을 보며 피식 웃었다.

"세상 물정 하나도 모르던 철부지가 그새 많이 컸네. 뭐, 나도 같은 생각이기는 해."

"역시 그렇겠죠?"

"당연하지. 저것들끼리 놔두면 분명 작당모의를 할 거야. 한 놈이 물을 흐리면 다른 놈들도 동조하기 마련이지. 아까 보니까 몇몇 놈들 눈이 돌아가 있던데, 아마 이대로 가다간 곧 전원이 다 반란을 일으킬걸?"

"네!? 전원이요? 아니, 그걸 예상하셨으면서 왜 말을 안 해 주셨어요!?"

"그 편이 재밌잖아. 호호호―"

"이게 재미로 넘어갈 일이에요!?"

"뭔가 착각하나 본데, 나는 예쁜이의 편이 아니란다. 재밌는 쪽의 편이지. 우후후―"

견술은 웃고 남궁율은 목소리를 높인다.

그때, 추이가 둘의 대화를 잘랐다.

"일어나도 상관없다."

"네? 뭐가요?"

"반란 말이다."

"……!"

추이의 말을 들은 남궁율이 두 눈을 토끼처럼 동그랗게 떴다.

견술 역시도 눈을 가늘게 뜬 채 고개를 갸웃했다.

"뭐야? 예쁜이도 예상하고 있었어?"

"기다리고 있는 중이었다. 언제 일어나나."

"뭐야~ 재미없게~ 또 뭔가 꿍꿍이가 있었구만? 죄수들이 반란을 일으키는 것조차도 이용해 먹으라고?"

견술과 추이의 대화를 들은 남궁율이 입을 딱 벌렸다.

어찌나 놀랐는지 입속으로 눈이 들어가는 것도 모를 정도였다.

"아니, 죄수들이 반란을 일으키게 내버려두시려는 거예요? 왜요?"

"다 쓸 데가 있으니까."

추이는 태연한 기색으로 발걸음을 옮겼다.

정말로 죄수들이 이 차 반란을 일으키든 말든, 조금도 신경 쓰지 않는 기색이었다.

남궁율은 그 뒤로도 몇 차례 더 질문을 했으나 추이는 그 이상 대답하지 않았다.

다만 진중한 표정으로 전방을 살피기만 할 뿐이었다.

결국 견술과 남궁율은 또다시 둘이서 대화하기 시작했다.

"아저씨는 장강수로채에 들어가기 전에 뭘 했어요?"

"뭐어? 아저씨이? 얘 좀 봐. 야! 너랑 나랑 몇 살 차이나 난다고 아저씨래!"

"열 살? 아니다. 적어도 열다섯 살은 넘게 차이 날 것 같은 데요."

"어머머! 이 미친년 좀 봐! 해맑은 표정으로 칼을 쑤시네 아주? 너 개작두 맛 좀 볼래 진짜?"

"아니, 그럼 뭐라고 불러요……."

"부르지 마! 재수없어! 어휴 그냥! 해 사매…… 아니 채주 사매보다 재수 없는 년은 처음일세, 증말!"

바로 그때.

"쉿!"

추이가 둘을 향해 손바닥을 들어 올렸다.

견술과 남궁율은 약속이라도 한 듯이 입을 다물었다.

"……?"

"……?"

그들은 추이가 살펴보고 있는 것을 향해 시선을 옮겼다.

"……!"

"……!"

이윽고, 견술과 남궁율 역시도 무언가를 찾아냈다.

드넓은 설원에 기묘한 문양이 그려져 있었다.

폭은 약 삼 장. 길이는 측정 불가.

눈이 녹은 자국이 이어지며 만들어 낸 기묘한 도형이 설원 전체를 뒤덮고 있는 것이다.

"뭐지? 지열이 이렇게 모양을 그리면서 피어오를 수 있나?"

"여기에만 눈이 녹아 있어요. 그리고 새싹들도 돋아나 있네요. 아니, 이 날씨에……?"

견술과 남궁율은 설원의 한가운데를 지나가는 거대한 길을 보며 한마디씩 중얼거렸다.

그들의 말대로, 땅에서 피어 올라오는 따스한 열기가 눈을 녹여 흙바닥을 드러내 보이고 있다.

이곳에 피어나고 있는 새싹이나 꽃 등은 하나같이들 다 계절에 맞지 않는 것들이었다.

"마치…… 생명력이라는 것이 뱀의 형태를 이루어서 지나간 듯한 느낌이에요……."

남궁율의 설명이 딱 맞았다.

추이 역시도 고개를 끄덕였다.

"설산의 정기가 추출된 흔적이다."

"정기 추출?"

견술이 고개를 갸웃했다.

추이가 드물게도 부연 설명을 해 주었다.

"산 곳곳에서 뽑아낸 정기를 한쪽으로 끌어모은 거야. 정기가 이동하면서 그 부분의 눈이 녹아내리고 지표면 위로 식물들을 자라게 만든 것이다."

"산의 정기를 뽑아내서 이동시켰다고? 누가? 왜? 어떻게?"

견술의 질문에 남궁율 역시도 고개를 끄덕인다.

그들은 호기심 가득한 표정으로 추이의 입을 쳐다보았다.

하지만, 추이는 대답 대신 설원 아래쪽에 보이는 절벽을 향해 턱짓할 뿐이었다.

"……!"

"……!"

절벽 아래를 내려다본 견술과 남궁율의 눈이 찢어질 듯 커졌다.

사사사사삭-

절벽 아래의 눈길을 달려가는 몇 개의 그림자가 있었다.

그들은 하나같이 검푸른 피풍의를 걸쳤고 손과 발에는 붕대를 감았다.

발을 내디딘 곳에는 아무런 발자국도 남지 않았다.

얼굴에는 흉측하게 생긴 푸른 야차의 가면을 쓰고 있었다.

"……청야차!"

남궁율은 저도 모르게 숨을 죽였다.

나락곡의 청야차들이 설원 위를 달려간다.

그들은 저 멀리 보이는 커다란 동굴 하나를 향하고 있었다.

추이는 그 모습을 보며 짧게 말했다.

"본진으로 귀환하는 중인가 보군."

그 말을 들은 견술과 남궁율의 이마에 식은땀 한 방울이 얼어붙었다.

사도십오주의 한 축, 강호의 팔 대 신비 중 하나인 나락곡.

무림사의 모든 비사(祕史)들을 알고 있다는 천기자(天機者)조차도 알지 못하던 최후의 불가사의.

그런 나락곡 살수들의 근거지를 발견한 것이다.

이런 중대한 비밀을 알게 되었다는 사실에 남궁율은 손을 파르르 떨었다.

정보의 무게, 가치, 의무, 위험성을 떠나서…… 남궁율은 제일 먼저 든 순수하고도 원초적인 궁금증을 입 밖으로 냈다.

"추 소협은 대체 이런 걸 어떻게 아시는 건가요?"

견술 역시도 동감을 표하듯 진지한 얼굴로 입을 다물고 있다.

그리고 이내, 추이는 남궁율의 질문에 선뜻 대답해 주었다.

"한때 나락곡에서 살수로 일했었다."

이것은 오래전의 기억이다.

그는 가끔은 강호인이었고, 가끔은 군인이었고, 가끔은 살수였고, 언제나 고아였다.

'*숨을 죽여라.*'

'*바람을 등지지 마라.*'

'*그림자는 그림자에 묻어라.*'

'*숨을 때는 잘 보이는 곳에 숨어라.*'

추이는 살수 훈련을 받던 과거를 회상했다.

천산산맥의 입구에서 오자운과 헤어진 뒤, 달리 갈 곳이 없던 추이는 군영으로 되돌아갔으나 그곳에서도 그다지 환영받지 못했다.

결국 모종의 사건에 휘말려 퇴역한 추이는 뒤늦게나마 오자운의 사망 소식을 들었다.

추이는 그 소문을 듣자마자 곧바로 화산파를 찾아갔다.

하지만 미숙한 창귀칭과 어설픈 창술로는 오자운의 원수를 갚을 수 없었다.

추이는 절강(浙江)을 찾았다.

오자운의 시체가 버려졌던 강물을 바라보며, 추이는 다짐했다.

화산파의 모든 도사들을 죽여 버리겠다고.

이후 추이는 살문(殺門)에 입적했다.

시작은 우연적이고 초라했다.

추이는 암행을 나서던 도중 한 살수와 맞닥트렸고, 그를 죽였다.

공교롭게도 추이가 죽인 이는 나락곡의 살수였다.

견습에서 황야차로의 승급을 앞두고 있었던 그는 그날 밤 이후부터 추이의 창귀가 되었고, 자신이 알고 있던 나락곡에 대한 모든 정보들을 추이에게 넘겼다.

추이는 그 정보들을 이용해 나락곡의 지부를 찾았다.

항시 가면을 쓰고 다니던 살수들은 추이의 정체를 의심하지 않았다.

추이는 이후 나락곡의 견습 살수들 몇을 더 죽였고, 그들에게서 입수한 정보를 토대로 나락곡에 완전히 녹아들었다.

절강의 서산(胥山)에 피어난 붉은 매화들이 몇 번인가 피고 질 무렵.

나락곡의 견습살수로 시작했던 추이는 어느덧 나락곡의 적야차 계급까지 올라가 있었다.

추이는 평범한 창 말고 송곳이나 마름쇠, 망치, 독, 잠사, 기형창 등을 쓰는 방법을 완벽하게 체득했다.

그동안 섬서성의 수많은 부패 관료, 무인들을 죽이며 나름대로 정보를 모아 왔던 추이는 오자운의 죽음에 대한 전말 역시도 모두 알게 되었다.

이윽고, 때가 되었다.

추이는 붉은 야차 가면을 벗어던졌다.

그리고 창 한 자루를 쥔 채 나락곡을 떠나 화산파를 찾아갔다.

그때부터였다. 추이의 별호가 창귀(槍鬼)가 되었던 것이.

　

"......."

추이는 동굴 속으로 들어가는 청야차들을 가만히 바라보고 있었다.

나락곡의 살수들은 가면의 색깔로 계급을 구분한다.

견습은 민무늬의 백색 가면, 이후 황야차, 청야차, 적야차, 흑야차의 순으로 계급이 높아진다.

추이가 나락곡에 몸담았을 당시, 나락곡의 위상은 크게 쪼그라든 상태였다.

한때 모든 강호무림을 공포에 질리게 만들었던 나락곡이 그처럼 쇠퇴하게 된 이유는 다름 아닌 홍공 때문이었다.

홍공은 혈겁을 일으킬 당시 나락곡과 손을 잡고 있었는데, 이때 홍공이 남겨 놓고 간 분란의 씨앗이 계속해서 무림에 풍파를 일으킨 것이다.

즉. 홍공은 변방에서 죽어 사라진 이후에도 나락곡을 조종하여 무림에 크고 작은 여러 혈사들을 야기했던 셈.

......한편.

추이가 상념에 잠겨 있을 동안 남궁율과 견술은 이런저런 대화를 주고받고 있었다.

"방금 전에 동굴로 돌아간 청야차들도 강시일까요?"

"모르지. 살수인지 강시인지, 아니면 둘 다인지. 아니, 나락곡의 살수들은 왜 다 저 모양인 거야?"

"추 소협의 말씀을 들어 보면 나락곡은 평범한 살수 조직인 것 같았어요. 우리가 만났던 살수들이 특이했던 거지."

"돈만 주면 염라대왕 목도 따다 준다는 놈들을 평범하다고 할 수 있나?"

"어쨌든 사람이긴 하잖아요. 강시가 아니라."

"하긴. 이제는 강시 아니면 다 평범해 보이기는 한다."

"아마 나락곡 내부에서 뭔가를 꾸미고 있나 봐요. 살수들을 강시로 만들려고 하는 건…… 곡주의 생각일까요?"

"그것도 모르지. 간부들 중 하나가 미쳐서 독자적으로 꾸미고 있는 계획일지도?"

바로 그 순간.

…바스락!

뒤에서 작은 소리가 들려왔다.

그것은 오로지 추이의 귀에만 들려온 것이었다.

패액─

추이의 창이 독사처럼 뻗어 나가 후면을 노렸다.

어느새 다가온 청야차 세 명이 견술과 남궁율의 뒤로 송곳을 찔러 넣고 있었다.

퍼퍼퍽!

그들의 송곳보다 추이의 창이 반 보 빨랐다.

날카로운 창날이 허공에 핏빛 호를 그렸고, 목젖이 한 치 조금 안 되게 잘려 나간 세 구의 시체가 눈밭에 쓰러졌다.

그들은 강시가 아니라 사람이었다.

추이는 짤막하게 말했다.

"옷과 가면, 벗겨 입어라."

그 말에 견술과 남궁율은 군말 없이 손을 뻗어 시체의 옷을 벗기기 시작했다.

추이가 무엇을 하려고 하는지, 대강이나마 눈치챘기 때문이다.

* * *

동굴 속, 서세치의 목소리가 가늘게 떨린다.

"나는……."

그는 겁을 잔뜩 집어먹은 어조로, 그러나 또렷한 발음으로 말했다.

"못 도와주겠다."

공손호를 비롯한 죄수들이 의아한 표정을 지었다.

너무 뜻밖의 말이었는지라 화도 안 난다.

그저 궁금할 따름이었다.

"뭐야? 왜? 왜 못 도와주겠다는 거야? 어려워? 그냥 쇠말뚝 주조 과정에 아무 문제 없다고만 하면 되잖아. 실제로 아무 문제 없을 거고. 그게 아니면, 내 계획이 현실성이 없을 것 같아서 그래?"

공손호는 답답하다는 듯 말을 이었다.

"이번에는 진짜야! 진짜 확실해! 추이, 그놈의 무공이 얼마나 고강하든지 간에 그건 상관없어! 내가 똑똑히 봤다니까? 저 산봉우리 위에 지반이 극도로 불안정한 걸 말이야. 거기에 몇 명만 올라가서 발을 구르면 바로 눈사태야! 아마 산기슭까지 통째로 쓸어버릴걸? 거기에 휘말리면 제아무리 추이 놈이라고 해도 저세상행이라고!"

그러자 공손호를 따르는 다른 되수들도 말을 이었다.

"나도 보긴 봤어. 거기 진짜 위태롭긴 하더라."

"어제도 눈사태 일어나던데?"

"나는 무조건 한다! 추이, 그 새끼를 죽이기 위해서라면 뭐든지 할 수 있어!"

"견술 그 얄미운 새끼가 더 열 받아."

"남궁율이랬던가? 그년은 눈에 묻어 버리기 좀 아깝네. 살려서 갖고 놀 수 있으면 좋은데⋯⋯ 크흐흐−"

하지만 서세치는 다시 한번 고개를 저었다.

"나는 안 해."

"그러니까. 왜냐고."

공손호가 서세치를 향해 으르렁거렸다.

서세치는 식은땀을 삐질삐질 흘리면서도 제 할 말은 다 했다.

"추, 추이 천두님은 나의 은인이시니까⋯⋯."

"뭐? 은인? 하, 이 새끼 또 이러네."

공손호는 기가 막히다는 듯 웃어 댔다.

주변에 있는 죄수들 역시도 마찬가지였다.

"어이— 염소수염. 너 아주 노예근성이 뼛속까지 사무쳤구나. 참게 구운 거나 돼지고기 뒷다리 같은 걸 은자 수십만 냥에 파는 게 뭐가 은혜냐? 너는 지금 세뇌당한 거라고!"

"세뇌된 것이 아니야."

하지만 서세치의 표정은 진지했다.

"여기까지 수레를 끌고 오면서 많은 생각을 했다."

"뭐?"

"수레를 끄는 나에게 양민들이 모여들어서 돌을 던지고, 침을 뱉을 때마다 나 자신을 돌아보았어."

"이 새끼가 지금 뭐라는 거야?"

"내가 횡령했던 회계장부 속의 숫자 하나하나가 사실 무고한 이들의 피눈물 한 방울 한 방울이었다는 사실을 알게 됐다."

서세치는 바들바들 떨면서도 끝까지 말을 이어 나갔다.

"가족들을 먹여 살려야 해서 어쩔 수 없다고 생각했지만⋯⋯ 그 가족들이라는 것은 결국 찬바람 한번 불면 떠날 존재들이었어. 돈도 없고, 가족도 없는 지금, 여기 남은 것은 초라한 중년의 몸뚱이 하나뿐이다. 어쩌면 똥개나 비루먹은 말보다도 못한 존재겠지."

공손호와 죄수들은 영문을 모르겠다는 듯 서로의 얼굴을 쳐다본다.

서세치는 쐐기를 박았다.

"그래서 수레를 끄는 동안 계속해서 반성했다. 이렇게 해서 그간 내가 남들에게 끼친 피해의 만분지 일이라도 갚을 수만 있다면 얼마든지 감내하겠다고."

그의 목소리에서는 비장한 결의 같은 것이 느껴지고 있었다.

"추이 천두님은 내가 그런 생각을 할 수 있게끔, 바뀌고 속죄할 수 있게끔 도와준 은인이다. 그런 분을 배신할 수는 없어."

서세치는 거정 공제환이 의적으로 이름을 날릴 때 산채에 합류했던 이였다.

새삼 젊었을 때의 의기가 나름대로 되살아난 것인지, 그의 눈은 때아닌 총기(聰氣)로 빛나고 있었다.

하지만.

"이 새끼가 아까부터 뭐라는 거야?"

공손호를 비롯한 나머지 죄수들은 서세치의 말에 조금도 공감하지 못했다.

…퍽!

서세치의 얼굴로 주먹이 날아들었다.

공손호의 주먹질이 시작되자마자 다른 죄수들 역시도 서세치를 짓밟았다.

"그러니까, 요약하자면 추이 새끼 밑에 가 붙겠다는 거 아니냐고!"

"죽여 버려! 저 첩자 끄나풀 새끼! 처음부터 좆같았다고!"

"쇳물로 집어 던지자! 아예 쇠말뚝으로 만들어 주지!"

죄수들의 우악스러운 손길이 서세치를 붙잡았다.

몸 전체가 피투성이, 멍투성이가 된 서세치는 만신창이가 된 채로 죄수들의 손에 이끌려 갔다.

그가 막 부글부글 끓는 쇳물 위로 내던져지려는 순간.

"헉!? 오, 온다! 추이 놈이 와!"

저 앞에서 경계를 서고 있던 보초가 부리나케 달려왔다.

서세치를 쇳물로 집어 던지려던 죄수들이 별안간 정신을 차렸다.

"이, 일단 내려놔라! 저놈을 죽였다간 바로 의심받는다!"

공손호는 서세치의 수염을 잡고 끌어당겼다.

그리고 뾰족한 쇳조각을 든 채 그의 등허리를 쿡 찔렀다.

"말 잘해라. 불었다간, 알지?"

"……."

서세치는 몸을 바들바들 떨 뿐 대답이 없다.

그 시점에서, 청야차 복장을 한 추이가 폐광 속으로 들어왔다.

"처, 천두님……."

서세치가 추이를 부르며 무슨 말을 하려는 순간, 죄수들의 시선이 죄다 서세치를 향한다.

그때. 추이가 먼저 입을 열었다.

"작업 종료다."

이윽고, 추이는 서세치를 향해 물었다.

"말뚝은 얼마나 만들었지?"

그러자 옆에 있던 공손호가 얼른 대답했다.

"천 개, 딱 맞췄습니다."

"그렇군. 그것들을 가지고 밖으로 나와라. 그것만 하면 너희들의 임무는 모두 끝이다."

추이의 말에 죄수들의 표정이 밝아졌다.

임무가 끝나면 죄도 더 이상 묻지 않겠다는 약속이 있었기 때문이다.

하지만 그럼에도 불구하고 공손호의 눈에는 독기가 뿜어져 나오고 있었다.

"준비한 대로만 하면 된다. 마지막에 화려한 복수를 하고 가는 거야."

죄수들이 공손호의 뒤를 따른다.

이윽고, 죄수들이 쇠말뚝을 나르기 시작했다.

한편, 서세치는 떨리는 목소리로 추이를 불렀다.

"추, 추이 천두님……."

하지만 추이는 서세치의 말을 듣지 않았다.

다만.

"너."

서세치를 손가락으로 가리키며 짧게 한마디를 남겼을 뿐이다.

"오늘 작업에서 열외한다. 그리고 지금 당장 맞은편 봉우리 위로 올라가라."

"……?"

다른 죄수들이 쇠말뚝을 밖으로 나르는 동안 서세치는 영문을 모르겠다는 표정으로 가만히 서 있을 뿐이다.

그런 서세치를 스쳐 지나가며, 추이가 짧게 말했다.

"그래야 조금이라도 살 확률이 있을 것이다."

그 말을 끝으로 추이는 죄수들이 나르고 있는 쇠말뚝들의 행렬을 따라 밖으로 나가 버렸다.

그리고 홀로 남겨진 서세치는 직감했다.

……이것은 추이가 자신에게만 내려 준 동앗줄임을.

휘이이이이이이잉……

드넓은 설원에 눈보라가 몰아친다.

죄수들이 최후의 작업을 시작했다.

"세워! 세워! 기울어졌다!"

"저쪽 밧줄 좀 더 당겨 봐!"

"어어!? 쓰러진다! 으아아아아!"

"줄 제대로 잡으라고 이 미친 새끼야!"

그들은 쇠말뚝을 설원 이곳저곳에 박아 넣고 있었다.

따ー앙! 땅! 퍼억!

죄수들은 빙판을 쪼갠 뒤에 그 위에 말뚝을 밧줄로 묶어서 고정했고, 임시로 쌓은 축대 위에 올라가 망치를 내리쳤다.

쩍ー 쩌적! 우지지지직!

커다란 망치가 번갈아 내리찍힐 때마다 쇠말뚝이 빙판을 쪼개고 깊숙이 박혀 든다.

그 수는 어느덧 기백 개.

그동안 죄수들이 죽을 고생을 해 가며 제작한 수많은 쇠말뚝들이 설원 곳곳에 꽂혀 마치 미로와도 같은 광경을 연출하고 있었다.

남궁율이 물었다.

"추 소협. 이 작업들은 왜 하시는 건가요?"

"산의 정기를 끊기 위함이다."

추이는 짧게 대답했다.

그 순간, 옆에 있던 견술의 눈이 휘둥그레졌다.

"저것 봐."

"?"

남궁율이 견술의 손가락을 따라 고개를 돌렸다.

"!"

이내 그녀 역시도 토끼눈을 떴다.

설원 위에 나 있던 눈 녹은 길들이 다시 얼음으로 뒤덮여 가고 있었다.

찌저저저저적……

두껍게 쌓인 눈 사이로 올라오고 있던 지열이 끊겼다.

녹아 있던 땅이 빠른 속도로 얼어붙었고 돋아나 있던 새싹과 꽃도 죄다 말라죽었다.

견술과 남궁율은 오싹한 소름에 몸을 떨었다.

"쇠말뚝을 박아서 산의 정기를 끊을 수가 있다고?"

"정확히는 정기가 흐르는 길목을 차단하는 것 같아요. 퉁소의 관(管)에 구멍을 뚫어서 소리가 새게 만드는 것처럼."

그 말에 추이가 고개를 끄덕였다.

"산의 정기가 지나가는 길을 인위적으로 만드는 것은 거의 불가능에 가까울 정도로 어렵지만…… 그것을 망치는 것은 손쉽지. 아무 데나 구멍을 뚫기만 하면 되니까."

마치 좋은 소리가 나는 퉁소를 제작하는 것은 어렵지만, 그것을 망치는 것은 쉬운 것처럼 말이다.

그 말을 들은 견술은 입가에 짓궂은 미소를 머금었다.

"그동안 산의 정기를 끌어모으고 있던 놈은 아마 횟병 나 뒈지겠군. 그 개고생을 해 가면서 정기가 흐르는 길을 깔아 뒀는데 말이야."

"근데 뭘 위해서 산의 정기를 모으고 있었을까요?"

남궁율이 고개를 갸웃했다.

견술 역시도 어깨를 으쓱한다.

"난들 알아? 그걸로 뭐 강시들이라도 만들고 있었겠지. 설산의 정기니까 차가울 것 아냐. 강시도 얼어붙은 시체로 만드는 거고."

"만약 그렇다면…… 추 소협은 정말로 위대한 업적을 이루어 내신 것인지도 몰라요. 강시 제작은 그 제작법이 적힌 비급을 가지고 있는 것만으로도 무림공적이 될 만큼 위험한 것이니, 그것을 막아 냈다는 것은 전 무림을 구한 것과도 같지요."

"퀙— 또 예쁜이 칭찬이야? 짝사랑이 아주 중증이시구만."

남궁율의 말에 견술에 혀를 빼물며 옆구리를 긁는다.

그러거나 말거나. 추이를 바라보는 남궁율의 시선은 천천히, 경이로움으로 물들어 가고 있었다.

⁂

한편.

'실컷 그렇게 물고 빨고 해라. 어차피 네놈들은 곧 뒈지니

까.'

쇠말뚝을 박고 있던 공손호는 입가에 비릿한 미소를 걸고 있었다.

그는 말뚝을 박기 위해 설치해 놓은 축대 위에 서서 저 먼 산봉우리를 바라보았다.

…우직! …우직! …우직!

말뚝을 깊게 박아 넣을수록 저 멀리, 산봉우리 위에 있는 바위들이 들썩이는 것 같았다.

방금 전까지만 해도 멀찍이 위에 있었던 바위가 말뚝을 다 박아 넣었을 때쯤 미세하게 기울어져 있는 것도 보였다.

공손호는 확신했다.

'이 쇠말뚝을 다 박을 때쯤 해서 눈사태가 일어날 것이다.'

쇠말뚝 하나가 박힐 때마다 위쪽 산봉우리의 지반이 점점 불안해지고 있다.

이대로라면 분명 머지않아 눈사태가 일어나서 이쪽을 싹 쓸어버리게 될 것이다.

공손호는 자신의 패거리를 불렀다.

그리고 낮은 목소리로 앞으로의 일을 지시했다.

"이 쇠말뚝들을 다 박을 필요도 없다. 보니까 위쪽의 지반이 극도로 불안정해졌어. 이대로라면 우리끼리 올라가서 발을 몇 번 구르는 것만으로도 바로 무너질 거다."

이제 슬슬 빠질 때였다.

공손호는 다른 죄수들마저 배신한 뒤 산봉우리를 올라가 눈사태를 일으킬 생각이었다.

"아주 조금의 진동이면 돼. 산봉우리 위에서의 눈뭉치 하나가 아래에서는 거대한 눈덩어리가 되는 것처럼 말이야. 다른 쓰레기들이야 알 바냐? 같이 쓸려 가 뒈지라지."

이걸로 형과 동생의 원수를 갚는다.

공손호는 회심의 미소를 지으며 고개를 돌렸다.

"자, 출발하…… 응?"

하지만 그는 말을 끝까지 이을 수 없었다.

…퍽!

왜냐하면 그가 말을 걸고 있던 동료의 얼굴이 가로로 쪼개져 날아갔기 때문이다.

툭─

죄수의 아래턱 위부터가 찢어져 날아가 눈밭 위에 떨어졌다.

"?"

"?"

"?"

공손호를 비롯한 죄수들이 고개를 들어 올렸다.

머리 윗부분이 날아간 시체 앞에 서 있는 것은 온몸을 붕대로 감은 장신의 남자였다.

얼굴에는 푸른색 야차 가면을 쓰고 있었다.

"……어?"

공손호가 막 비현실에서 깨어나려 할 때.

사사사사사사사삭―

죄수들의 앞으로 푸른 야차 가면의 살수들이 등장했다.

나락곡의 청야차들. 그들이 이곳에 당도한 것이다.

이윽고, 청색 가면의 야차들 너머로 붉은 가면의 야차들 몇몇이 내려섰다.

그 수는 총 셋이었다.

맨 앞에 있던 붉은 가면의 야차가 탁한 목소리로 읊조렸다.

"산의 정기들이 별안간 다 끊어졌다 했더니…… 네놈들이었구나."

적야차. 가면 속으로 보이는 그의 눈에 시뻘건 핏발이 섰다.

"다 죽여라."

그 말을 들은 청야차들이 곧바로 손을 쓰기 시작했다.

퍼퍼퍼퍼퍼퍽!

죄수들은 그때까지도 상황을 파악하지 못한 상태였다.

자욱한 피보라가 시야에 들어오고 나서야 그들은 비명을 질렀다.

"으아아아아아아! 괴물이다!"

"살수들이 나타났다아아아아아!"

"추, 추이 님! 추이께서는 어디에!?"

공손호를 비롯한 죄수들은 청야차들을 피해 도망다니며 추이를 찾았다.

하지만.

"어!?"

공손호가 추이를 발견했을 때, 그는 이미 저 멀리 산봉우리의 중턱에 도착해 있었다.

이윽고. 추이는 아래쪽에 있는 죄수들을 내려다보며 한마디 했다.

"그동안 수고 많았다."

이것이 두 번째 반란에 대한 답례였다.

공손호의 두 눈이 찢어질 듯 커졌다.

그의 눈에는 추이가 막 발을 들어 올리는 장면이 천천히 아로새겨지고 있었다.

이윽고.

…쿵!

추이가 발을 굴렀다.

내공이 실린 발바닥이 주변에 이중, 삼중, 사중, 오중, 육중, 칠중, 팔중, 구중, 십중의 파문을 만들며 퍼져 나가기 시작했다.

주변의 눈들이 부글부글 끓어오르나 싶더니 이내 엄청난 양의 물로 변해 솟구쳐 오른다.

그 밑에 깔려 있던 흙과 바위, 통나무들이 모조리 뽑혀 나오며 거대한 탁류(濁流)를 만들어 냈다.

콰르르르르르르르릉!

가까이서 본 눈사태는 의외로 하얗지 않다.

혼탁한 갈색의 해일이 엄청난 기세로 산비탈을 쓸어 내려갔다.

"으-아아아아아!"

죄수들은 자신들을 덮쳐 오는 눈의 홍수를 보며 비명을 질렀다.

그것은 나락곡의 살수들 역시도 마찬가지였다.

콰콰콰콰콰콰콰콰콰콰콰콱!

죄수도, 살수도, 모두 눈의 홍수에 파묻혀 사라져 간다.

부딪치고, 찢어지고, 얼어붙고, 이 일련의 과정들을 거치면 모두가 으깨진 냉동육이 되는 공평한 결과만이 도출될 뿐.

다만 차이가 있다면, 죄수들은 비명을 지르며 죽고 살수들은 침묵을 지킨 채 죽는다는 점 하나뿐이다.

"……! ……! ……!"

방금 전까지 설원 전체를 지배하고 있던 적야차들 역시도 마찬가지였다.

세 명의 적야차들은 다른 청야차들의 몸을 밟고 한껏 위로 뛰어올랐으나 결국 쏟아지는 자갈과 나무토막, 눈과 흙의 해일을 피하지 못하고 휩쓸려 갔다.

마지막까지 도망치던 최후의 적야차 역시도 결국 탁류에 휘말려 들었다.

　우득- 뚝! 뿌직!

　적색 야차 가면이 부서지며 그 안에서 노인의 얼굴이 드러났다.

　그마저도 금방 바위에 맞아 납작하게 으깨져 버린다.

　촤아아아아아아아아악-

　적야차 정도 되는 인물도 삽시간에 피떡이 되어 절명하는데 청야차들이나 죄수들이 살아날 리 만무했다.

　…퍽!

　얼음덩어리에 맞은 공손호의 두개골이 터져 나간다.

　그는 실 끊어진 연처럼 탁류에 휘말려 들었고 이내 사지가 찢어진 채 각기 다른 방향으로 쓸려 갔다.

　모든 살수와 죄수들이 눈에 파묻혀 쓸려 갔고 이내 평원 아래의 절벽 아래로 사라졌다.

　쿠구구구구구……

　온통 더러워진 설원 위에는 살아 있는 것이라고는 아무것도 남지 않았다.

　다시금 눈이 내린다.

펑펑 쏟아져 내리는 눈이 더러워진 설원을 얇게 덮었다.

사박– 사박– 사박–

조용하고 깨끗해진 벌판 위로 추이가 내려섰다.

견술과 남궁율이 입을 반쯤 벌렸다.

"아무런 일도 없었던 것 같네."

"풍경이 아까랑 똑같아요. 거짓말처럼……."

방금 전까지 이곳에서 있었던 일이 모두 거짓이라도 되는 듯하다.

어느 누가 이곳을 불과 반 시진 전에 백 수십 명이 몰살당한 곳이라고 생각할까.

한편. 추이는 설원을 가만히 살펴보고 있었다.

"……."

산의 정기는 끊어졌고, 살수들은 몰살당했다.

설산의 정기를 뽑아다가 강시를 만드는 것은 이제 불가능할 것이다.

작업을 다시 원 궤도에 올려놓기 위해서는 적어도 수십 년은 필요하리라.

공든 탑은 무너지지 않는다지만, 사실 공든 탑만큼 쉽게 무너지는 것이 또 없다.

세상일이라는 것이 다 그런 법 아니겠나.

"공들여 쌓은 탑이 무너졌으니, 이제 화가 나는 놈이 있겠지."

강시를 제조해서 무언가를 하려던 놈이 있을 것이다.

그리고 필시 매우 화가 나 있을 테고.

"화가 났으니 뛰쳐나올 것이다."

추이가 말했다.

그리고 그 말이 끝나는 즉시, 정확히.

…콰쾅!

저 멀리 떨어져 있던 동굴 입구에서 커다란 폭음이 들려왔다.

콰콰콰콰콰콰콰!

동굴 입구에서부터 이곳까지, 쌓여 있던 눈들이 위로 솟구쳐 올랐다.

마치 수면 밑으로 거대한 용이 돌진하는 듯한 광경이었다.

이윽고, 추이의 앞으로 누군가가 떨어져 내렸다.

…탁!

체구로 보아 여자로 짐작된다.

그녀는 품이 넓은 흰 소복을 입고 있었고 긴 백발을 눈보라에 아무렇게나 내맡기고 있었다.

얼굴을 가리고 있는 야차 가면은 진한 흑색이었다.

나락곡의 흑야차.

곡주(谷主)인 나락노야(奈落老爺)를 제외하면 가장 높은 계급에 있는 살수가 등장했다.

그리고 추이는 그녀의 맨 얼굴과 본명을 이미 알고 있었다.

"간만이구나, 북궁설(北宮鼓)."

"……!"

추이의 호명을 들은 흑야차가 고개를 갸웃했다.

이윽고, 그녀는 착 가라앉은 목소리로 입을 열었다.

"나를 아느냐?"

"……."

알다마다.

추이는 회귀 전의 기억을 떠올렸다.

시귀(尸鬼) 북궁설.

나락곡의 살수들을 대거 강시로 만든 죄로 나락곡에 쫓기게 되는 흑야차.

그리고 그때부터 혈교의 좌의정으로 통하게 되었던 여자.

하지만 추이가 가장 주목했던 점은 그것들이 아니었다.

'……홍공의 연인(戀人).'

이것이 추이가 그녀를 찾아온 진짜 이유였다.

⚜

회귀 전, 추이는 홍공의 행적을 낱낱이 조사했었다.

혹시나 그가 죽기 전에 남긴 불씨들이 있다면 그것을 진화하는 것으로나마 복수를 대신하기 위해서였다.

'홍공이 나락곡을 접수하려 든 것에는 이유가 있지.'

정확히 말하자면, 홍공은 나락곡이 아니라 나락곡에 몸담고 있던 북궁설을 노린 것에 가까웠다.

그 당시 북궁설은 나락곡의 흑야차 계급에 군림하는 동시에 강시 연구술에 푹 빠져 있었다.

강시를 제작할 때 가장 우선시되는 재료는 인간의 몸.

그것도 육체와 정신이 극한까지 단련되어 있는 몸이어야만 강시 제작에 사용할 수 있다.

일반적인 범인의 육신은 강시로 제련되기도 전에 썩어 문드러진다.

무공을 어느 정도 익힌 자만이 강시로 다시 태어날 확률이 높다.

맨 처음, 북궁설은 살수들이 죽인 대상의 시체를 이용하여 강시를 만들었다.

하지만 그것으로는 표본이 충분하지 않자, 그녀는 나락곡에서 키워 낸 살수들까지도 재료로 쓰기 시작했다.

정신력과 육체를 극한까지 단련한 살수들은 강시로 만들기에 딱 적합한 재료였다.

홍공은 그런 북궁설에게 접근하여 강시를 만들 때 산의 정기 대신 창귀들을 사용하는 법을 알려 주었고, 북궁설은 인간의 혼백과 산의 정기를 접목시키는 과정을 홍공에게 알려 주어 불완전하던 창귀칭을 보다 완전하게 만들어 주었다.

그렇게 둘은 서로의 부족했던 부분들을 채워 주며 전략적

동맹을 맺게 되는 것이다.

'홍공은 인백정이 폭주하던 것을 보며 자신의 창귀칭이 불완전하다는 사실을 깨달았을 것이다. 무림비사에 밝은 자이니 아마 강시술에 대해서도 어느 정도 알고 있었을 것이고, 그것의 구결에서 창귀칭을 보완할 방법을 찾았겠지. 그래서 북궁설을 찾아와 동맹을 제안했을 테고……'

그 뒤는 추이가 알던 원래의 운명과 같다.

홍공은 이름도 없는 변방의 전장에서 죽었고, 그에 분노한 북궁설은 복수를 위해 무림 전체를 피로 물들인다.

그녀는 연인이 당한 수모를 되갚겠다며 무림맹, 사도련, 마교의 고위 인사들을 추렸고, 그들의 선산을 뒤져 조상과 스승의 시체를 도굴했다.

그리고 그 시체로 만든 강시들을 이용하여 전대미문의 혈사를 일으켰다.

조상들의 묘를 도굴당한 것도 모자라 조상들의 유해를 스스로 파괴해야 했던 이들의 충격은 엄청났다.

그 때문에 북궁설은 정파, 사파, 마교를 통틀어 전 무림의 공적으로 낙인찍혔고 오랜 시간을 도주하던 끝에 결국 사도련에 붙잡혀 능지처참당했다.

산산조각 난 그녀의 시신은 이후 먼 오지의 산에 묻혔는데, 굴묘편시(掘墓鞭屍)의 복수를 위해 묘를 파헤치러 온 이들의 행렬만 해도 그 산을 한 바퀴 빙 둘러 감을 수 있을 정도였다고 한다.

추이가 강호에 출두했을 때는 그녀가 죽은 지 오랜 세월이 흘러간 뒤였는데, 그럼에도 불구하고 그녀의 얼굴 초상이 그려진 수배 전단은 강호무림 곳곳에 여전히 붙어 나부끼고 있었다.

벌인 짓이 워낙에 천인공노할 짓이기 때문이었다.

'……그때는 분명 혈교의 좌의정, 홍공의 연인이라고 적혀 있었는데. 지금은 아직 그 단계까지 가지는 않은 모양이군.'

추이는 청야차들로 만든 창귀들에게 정보를 뽑아냈다.

그 결과, 홍공과 북궁설은 아직 접선한 지 얼마 되지 않았다는 사실을 알 수 있었다.

'그렇다면 홍공 역시도 북궁설에게 창귀칭을 안정시키는 방법을 아직 전해 듣지 못했을 가능성이 높다.'

추이가 바라던 바였다.

만약 지금 여기서 북궁설을 죽일 수 있다면 홍공의 성취는 그만큼 늦어지게 될 것이다.

……문제는.

"나를 아는지 모르는지는 상관없다. 죽어라."

시귀 북궁설이 상당히 강하다는 사실이었다.

그녀는 절정의 무위를 보유하고 있고, 그와 별개로 암기를 이용하여 사람을 죽이는 기술은 능히 입신의 경지에 이르렀다.

더군다나 북궁설의 곁에는 적야차 한 명과 청야차 한 명이
수행원처럼 서 있었다.

평균적으로 적야차는 절정의 무위에, 청야차는 일류의 무
위에 이르러 있기 마련이니 저 둘 역시도 복병이 될 것이다.

이윽고, 북궁설이 두 손을 휘저었다.

콰콰콰콰콰쾅!

주변의 눈이 뒤집히며 요란한 폭음이 들려왔다.

추이는 그 굉음들의 사이로 미세하게 불어오는 바람소리
를 들었다.

…퍼퍼퍼퍼퍼퍽!

눈 깜짝할 사이에 여덟 개나 되는 비수가 추이의 전신을
파고들었다.

만약 바람소리를 듣지 못하고 몸을 웅크리지 않았다면 피
부를 살짝 베이는 정도로 끝나지 않았을 것이다.

쉬익-

추이의 창 역시도 앞으로 쏘아져 나갔다.

"……!"

북궁설은 고개를 외로 꼬았다.

매화귀창은 그녀의 흰 머리카락 몇 가닥만을 잘라 놨을 뿐
이었다.

"네놈이구나. 홍공, 그자가 말했던 적색의 천살성이."

"……."

추이는 별다른 말을 하지 않았다.

홍공이 자신의 존재를 어렴풋하게 눈치채고 있을 것이라는 생각은 했다.

그는 밤하늘의 별을 보고 미래를 점치는 기묘한 재주가 있기 때문이다.

하지만 그러거나 말거나, 북궁설은 진노한 기색으로 말을 이었다.

"네놈 덕분에 땅속에 묻어 두었던 혈강시들을 못 쓰게 되었다."

혈강시(血僵屍). 다른 말로 하자면 생강시(生僵屍).

얼굴에 혈색이 돌 정도로 생기가 넘치는 강시를 일컫는다.

이것은 살아생전의 무공을 일부 사용할 수 있을 정도로 강력하며 한 구 한 구를 제작하는 데 천문학적인 비용과 시간이 든다.

추이가 말했다.

"산의 정기를 끌어모으던 것이 혈강시를 만들기 위함이었나 보군. 쇠말뚝 때문에 기혈(氣穴)이 끊겼으니 처음부터 다시 해야겠어."

"땅속에 묻어 숙성시켜 놓았던 혈강시들을 다시 파내는 세월만 오 년이다. 감히 내 시간을 낭비시킨 대가는 무거울 것이야."

북궁설은 또다시 비수를 들었다.

한 손에 네 개, 총 여덟 개의 비수가 그녀의 흰 손에서 예기를 번뜩인다.

동시에, 북궁설을 호위하고 있던 적야차와 청야차가 앞으로 내달렸다.

"어딜!"

"못 간다!"

견술과 남궁율의 그들의 앞을 막아섰다.

깡! 따—앙!

견술의 개작두와 적야차의 기형검이 맞붙었고, 남궁율의 어장검과 청야차의 곡도가 부딪쳤다.

적야차는 붉은 가면 밑으로 늘어진 흰 수염을 휘날리며 매섭게 밀고 들어왔다.

옆에 있던 젊은 청야차는 적야차와 사용하는 검법이 비슷했는데, 아마도 둘은 사제지간인 것으로 보였다.

"우와, 이 늙은이 한가락 하네?"

"검법이 상당히 매서워요. 살수는 동급의 무인에 비해 반수 이상 처진다고 생각했는데…… 아주 큰 오산이었어요."

견술과 남궁율은 각각 적야차와 청야차를 상대하며 식은 땀을 흘리고 있었다.

한편, 추이와 북궁설의 전투는 한층 더 가열차진다.

북궁설의 비수가 날아들 때마다 추이는 창을 휘둘러 그것을 막아 냈다.

…까앙!

비수가 때리고 간 창대에서 불똥이 튄다.

북궁설의 비수는 피하거나 쳐 내기 어려운 사각에서 급소만을 노리고 날아든다.

또한 비수의 손잡이 부근에 극도로 얇은 잠사가 묶여 있어서 북궁설의 손가락 움직임에 따라 궤도를 바꾸기도 했다.

부웅—

북궁설이 한 번 손을 위에서 아래로 내리그을 때마다.

…따따따따따따따땅!

여덟 개의 비수가 유성처럼 떨어져 내리며 추이의 창대를 때렸다.

"……."

비수들이 창대를 긁으며 스쳐 지나가고 난 뒤에는 어김없이 무수한 불똥들이 튀어 시야를 가린다.

추이는 계속해서 뒤로 물러났다.

북궁설의 비수는 마치 여덟 개의 긴 채찍과도 같았다.

그녀는 비수에 묶인 잠사를 휘두르며 추이를 밀어붙이다가 결정적인 순간에는 잠사를 끊어서 비수를 날려 보냈다.

그것의 움직임에는 딱히 규칙이 없어서 방어하기가 대단히 어려웠다.

하지만.

…스팍!

추이는 이마를 긁고 지나가는 비수를 피해 몸을 낮게 숙였다.

그리고 아래에서 위로, 북궁설의 비수가 지나가는 궤적과는 정반대의 방향으로 창을 찔러 넣었다.

"……!"

북궁설의 눈이 커졌다.

사타구니 앞부분부터 시작해서 정수리까지를 관통하는 곡선 궤도의 찌르기.

이것은 일반적인 강호인의 초식이 아니다.

살수의 초식.

오로지 인간을 죽이기 위해서만 존재하는, 극도로 건조하고도 차가운 손속인 것이다.

"너. 살수로구나."

"……."

북궁설의 말에 추이는 굳이 대답하지 않았다.

차라락—

북궁설 역시 대답을 기대하지 않았다.

그녀는 비수를 회수한 뒤 그것이 채 손에 들어오기도 전에 방향을 뒤집었다.

그때쯤 해서, 추이는 온 힘을 다해 창을 횡으로 휘두르고 있었다.

부우웅!

추이의 창이 몽둥이처럼 휘둘러졌다.

그것은 북궁설의 비수 여덟 자루와 부딪쳤고 마치 날벼락이 떨어지는 듯한 굉음을 내뿜는다.

쩌-억!

주변의 대기가 갈라진다.

내공과 내공이 맞부딪치며 맹렬하게 터져 나가고 있었다.

…퍼펑!

추이의 창이 손에서 튕겨 나갔다.

북궁설의 손가락에 연결되어 있던 잠사들도 죄다 터져 나갔다.

창과 비수들이 모두 주인의 손을 벗어나 눈밭에 떨어졌다.

하지만 추이와 북궁설의 맞대결은 조금의 주저함도 없이 이 부를 맞이했다.

스릉-

추이는 곧바로 품에서 두 자루의 송곳을 빼 들었다.

아무런 무늬도 없는 투박한 묵빛의 쇠붙이.

끝은 뾰족하고 길이는 여덟 촌 반, 자루는 한지홀률(旱地惣律)의 가죽, 허릿심 부근으로.

차악!

북궁설 역시도 품에서 두 자루의 송곳을 빼 들었다.

끝은 뾰족하고 날이 굽어져 있는 일곱 촌 반짜리, 커다란 독사의 어금니 두 짝.

이윽고, 총 네 자루의 송곳들이 바싹 맞붙어서 남녀의 혀처럼 뒤엉키기 시작했다.

핏-

북궁설의 뺨에 새빨간 혈선이 그어졌고.

퍽!

추이의 목덜미 살 한꼬집이 떨어져 나갔다.

몇 수의 살초가 오고 간 뒤, 북궁설이 말했다.

"살초에 군더더기가 없어. 많이 해 본 솜씨야."

"……."

"나락 출신인 것은 확실하고, 어느 골짜기에서 배웠지? 설마 나락노야의 직계 제자인가?"

"……."

추이는 대답하지 않았다.

다만 흘끗 눈을 돌려 옆쪽의 전투를 바라봤을 뿐이다.

챙! 채앵! 깡! 까가가각!

견술과 남궁율 역시 적야차와 청야차를 상대로 잘 버티고 있었다.

견술은 조금씩 조금씩 적야차를 밀어내고 있는 중이었고, 남궁율은 청야차 하나를 상대로 꽤 고전하는 눈치다.

그때.

"……. ……. ……."

북궁설의 눈이 희번뜩 뒤집어졌다.

곧이어, 그녀는 나지막한 목소리로 주문을 외우기 시작했다.

"제제자 제제자 천혼도우 제여자 제여자 지후도우도 신인 천주 임조화상고령천영주전장생노도학삼층삼계사신고우 삼층삼계현신도우(諸弟子 諸弟子 天混禱于 諸女子諸女子 地后禱又禱 新人天主 荏造化尙告靈天靈主前長生勞禱學三層三階司神告于 三層三階玄神禱于)……."

그러자 곧바로 이변이 벌어졌다.

…우지직!

쑥대밭이 된 설원 아래의 지면에서 손 하나가 불쑥 튀어나왔다.

목내이(木乃伊)처럼 바싹 말라 있는 손.

뼈에 가죽만 앙상한 그 손은 이내 미친 듯이 펄떡거리더니 점차 지면 위로 올라왔다.

이윽고, 뼈와 가죽만 남아 버린 인간들이 설원 밑의 지저에서 몸을 일으키기 시작했다.

강시. 반쯤 만들어지다 만.

불쾌한 외형을 한 목내이들 수십 구가 검붉은 몸뚱이를 끄집어 낸다.

그리고 그것을 본 견술과 남궁율은 경악할 수밖에 없었다.

"어!? 저 녀석들! 옛날에 내 산채에 있었던 백두 놈들인데!?"

"저것은 전 세대 자월특작조들의 의복! 어째서 여기에!?"

강시가 되다 만 목내이들은 가지각색의 옷을 입고 마찬가지로 가지각색의 병장기를 들고 있었다.

하나같이들 오래 전에 죽었거나, 아니면 행방불명되었던 무림의 유명인사들이었다.

"……."

추이는 목내이들에게 들러붙어 움직이는 검붉은 기운을 주시했다.

미약하기는 하지만, 그것은 분명 창귀들이었다.

"저것들까지 마저 싹 폐기해야겠군."

홍공의 실험용 쥐는 한 마리면 족하다.

바로 자신 말이다.

이윽고, 창을 든 추이의 양옆으로 견술과 남궁율이 섰다.

그들은 분노로 인해 표정이 딱딱하게 굳어 있었다.

"이야, 저년은 삼분의 일 짜리가 아니라 아주 진짜배기 십할 무림공적인데?"

"그러게요. 이걸 알면 정, 사, 마가 바로 대통합될 텐데요."

추이, 견술, 남궁율.

그리고 쇠말뚝에 의해 말라죽기 직전에 땅 밖으로 기어 나온 미완성 강시들.

그 검붉은 주검들의 앞에 선 북궁설이 추이를 향해 선언했다.

"네놈들도 강시로 만들어 주마."

"네가 창귀가 되는 쪽이 더 빠를 것이다."

몸을 원하는 자와 혼백을 원하는 자.

시귀(尸鬼)와 창귀(槍鬼).

바야흐로 쌍귀의 격돌이었다.

송곳과 송곳이 교차한다.

뾰족한 한 끝이 서로의 미간, 관자놀이, 눈, 목, 심장, 폐, 간, 사타구니를 노리고 쉼 없이 얽혀 들었다.

퍼퍼퍼퍼퍼퍼펑!

추이와 북궁설의 사이에 있던 고사목 한 그루가 순식간에 벌집처럼 변해 버린다.

산산조각으로 나부끼는 나무 조각들 사이로 두 살수(殺手)의 시선이 교차했다.

송곳을 역수로 쥔 추이가 뒤로 반 보 물러났다.

송곳을 정수로 잡은 북궁설은 앞으로 반 보 전진했다.

…파캉!

한 보의 거리를 두고 또다시 날과 날이 수없이 뒤엉켰다.

핏—

북궁설의 송곳이 역수로 바뀌었다.

그것은 그녀의 팔꿈치 뒤로 숨어 궤적을 감춰 버린다.

팟!

추이는 송곳을 정수로 잡았다.

더 긴 거리를 찔러 들어가기 위함이다.

까—앙!

또다시 추이와 북궁설의 공수가 뒤바뀌었다.

"……."

추이는 북궁설을 밀어내며 생각했다.

'예상보다는 버틸 만하군.'

시귀 북궁설. 그녀는 추이와는 감히 비교조차 할 수 없을 정도로 연륜이 깊은 고수다.

더군다나 그녀는 한평생 사람 죽이는 일을 업으로 삼아 온 살수.

일반적인 무림고수와는 궤를 달리하는 인물이기도 했다.

'하지만 살수라는 점이 오히려 약점이 될 때도 있지.'

사실 살수의 무서운 점은 살수가 가지고 있는 무공의 수위가 아니다.

언제 어디서 기습할지 모른다는 것, 그리고 누가 자신을 노리고 있는지 모른다는 것.

이 두 가지가 살수의 진정코 무서운 점이다.

……하지만, 지금 눈앞에 있는 북궁설은 살수가 가지는 두

가지 이점을 모조리 반납한 상태다.

이미 눈앞에 모습을 드러낸 이상 기습의 이점이 없고, 또한 그녀의 신원을 알고 있으니 불안감 또한 없다.

더군다나, 전생의 북궁설이 일약 위명세를 떨칠 수 있었던 것은 수백 구나 되는 혈강시들이 있었기 때문이다.

하지만 현재, 그 혈강시들은 미처 완성되기도 전에 땅속에 파묻혀 사라졌다.

지금 겨우겨우 눈밭으로 기어 나온 개체들은 힘도 충분치 않고 내구력도 떨어지는 미완성품들.

그냥 가만히 내버려둬도 알아서 무너질 실패작들이었다.

그러니까 지금의 북궁설은 그녀가 보유하고 있는 무공 그 자체만 조심하면 된다.

물론.

콰—콰콰콰콰콰쾅!

초절정의 경지를 코앞에 두고 있는 그녀의 무공은 만만히 볼 수준이 아니긴 했다.

오죽 자신이 있었으면 단신으로 뛰쳐나왔을까.

'살인술에 접목된 소수마공(素手魔工). 귀찮은 무공이다.'

추이는 코끝을 스치고 지나가는 송곳을 보며 생각했다.

북궁설의 손에 들린 송곳의 끝에서는 창백하고 푸르스름한 냉기가 줄기줄기 뿜어져 나오고 있다.

그것에 닿으면 체온이 썰물처럼 빠져나가고 이내 하얗게

얼어붙게 되는 것이다.

원래는 장(掌)을 써서 펼치는 무공이지만, 그것이 날붙이를 쓰는 데 적용되니 한층 더 살벌하게 느껴졌다.

…퍽!

북궁설이 던진 송곳이 추이의 어깨를 사납게 파고들었다.

아쉽지만 송곳 쓰는 기술에 한해서는 저쪽이 한 수, 아니 몇 수는 위다.

승산이 없다고 판단한 추이가 재빨리 바닥에 꽂힌 창을 빼 들었다.

그때쯤 해서 북궁설 역시도 두 자루의 긴 비수를 뽑아 든 상태였다.

이윽고, 그녀는 부글부글 끓는 듯한 목소리로 말했다.

"산의 젖줄이 끊어졌으니 그것을 다시 잇는 시간, 얕은 곳에 묻은 강시들을 도로 파내는 시간…… 도합 얼마의 세월이 더 필요하게 될지 감도 안 잡히는구나. 깊은 곳에 묻어 숙성시킨 강시들을 포기한다고 해도 십수 년은 더 걸릴 것이야."

추이가 뭐라 대답하기도 전에 북궁설의 말이 이어진다.

"홍공. 그자가 왜 너를 죽이려 들었는지 알겠다. 그는 별점을 봤고, 너를 천적으로 인식했던 것이었구나."

북궁설의 목소리에서는 살기가 뚝뚝 떨어지고 있었다.

그녀는 무슨 수를 써서라도 반드시 추이를 죽일 생각인 것 같았다.

이윽고. 눈밭에서 솟구쳐 오른 강시들이 추이를 향해 달려
오기 시작했다.

북궁설은 뒤로 빠졌고 그 자리를 검붉은 주검들이 메꾼다.

…철커덕!

추이는 송곳을 품속에 집어넣고 창을 잡았다.

퍼퍼퍼퍼퍼퍼퍼퍽!

매화귀창이 핏빛의 호를 그릴 때마다 다짐육 파편들이 튀
어 올랐다.

추이는 거침없이 주검들의 육벽(肉壁)을 뚫고 북궁설에게
로 향했다.

저 멀리서 남궁율이 외치는 소리가 들려왔다.

"이 강시들, 만들어지다 만 것들이라 그런가 별로 힘이 없
어요!"

그녀는 눈앞에 있는 청야차를 상대하는 것이 더 힘들어 보
인다.

견술 역시도 주변에 있는 강시들보다는 늙은 적야차에게
더 신경을 쓰고 있었다.

그때.

…핏!

추이는 귓바퀴를 스치고 지나가는 비수를 피해 고개를 외
로 틀었다.

붉은 주검들이 만들어 내는 파도의 너머로 북궁설이 비수

를 던지고 있었다.

추이는 창을 뻗어 눈앞에 있는 강시들의 목을 연달아 날려 버렸다.

…썩둑! …썩둑! …썩둑! …썩둑!

미완성 개체들이라 그런가 머리나 목을 자르는 것만으로도 강시들은 쉽게 주저앉았다.

몇 구의 강시를 더 쳐 내자 비로소 눈앞에 북궁설의 얼굴이 보인다.

그녀는 강시들의 뒤로 숨으며 또다시 양손에 비수를 장전했다.

그때.

퉤―

추이가 침을 뱉었다.

피 섞인 침이 강시들의 사이를 날아가 정확히 북궁설의 왼쪽 눈에 떨어졌다.

"큭!?"

그녀는 황급히 얼굴을 가렸지만, 이미 추이의 침 몇 방울이 가면 속 구멍을 통해 그녀의 눈알로 들어간 뒤였다.

침에 섞여 있던 추이의 피가 북궁설의 눈을 통해 체내로 퍼졌다.

화악―

눈알이 타들어가는 듯한 매운 기운, 그것이 일순간이지만 그녀의 내공을 바싹 말려 버린다.

와르르르르!

북궁설이 동요하는 순간 주변의 강시들이 실 끊어진 목각 인형처럼 허물어져 내렸다.

육벽들이 느슨해진 그 틈을 타 추이가 창을 내질렀다.

하지만 북궁설 또한 산전수전 다 겪어 본 노강호다.

그녀는 금방 자세를 추슬렀고 곧바로 잠사에 묶은 비수를 집어 던졌다.

창끝과 비수 끝이 허공에서 정확히 맞부딪쳤다.

따—앙!

불똥과 함께 두 날붙이가 각기 다른 궤도로 튕겨 나간다.

사방팔방으로 흩뿌려지는 내공의 파편들이 희고 붉게 산화하고 있었다.

바로 그 순간.

…푸확!

추이가 북궁설의 얼굴을 향해 피분수를 뿜었다.

혀끝을 씹어서 낸 피가 대량으로 튄다.

"……!"

북궁설은 같은 수에 두 번 당하지는 않겠다는 듯 재빨리 고개를 옆으로 틀었다.

그러나 그곳에는 이미 추이의 망치가 기다리고 있었다.

뻐—억!

추이가 집어 던진 망치가 북궁설의 머리통을 후려갈겼다.

우드득! 뿌직!

피분수와 함께 가면이 부서진다.

흑야차의 가면이 쪼개지고 나자 북궁설의 얼굴이 훤히 드러났다.

도려내진 눈꺼풀과 코, 입술, 그 외에는 모두 화상 자국으로 가득했다.

방금 전 추이의 침을 맞은 왼쪽 눈은 시뻘겋게 충혈되어 있었고 다른 쪽 눈은 이미 멀어 버린 듯 회색빛 일색이었다.

"이 새끼!"

북궁설이 고개를 번쩍 들었다.

그녀는 움푹 들어간 한쪽 머리통에서 피를 뿜어내면서도 무섭게 달려들었다.

…콱!

쌍차(雙叉).

뾰족한 송곳 위에 휘어져 있는 칼날 하나가 더 붙어 있는 기형적인 형태의 비수.

그것이 북궁설의 두 손에 들렸다.

그녀는 자신의 공력을 모조리 실어 그것을 위에서 아래로 내리찍었다.

번-쩍!

하늘에서 내리치는 낙뢰처럼, 북궁설의 쌍차가 추이의 목을 향해 떨어졌다.

추이는 창대를 짧게 잡고 그것을 막아 냈지만.

까-앙! 콰콰쾅!

북궁설의 힘은 추이를 그대로 얼음바닥에 짓눌러 버렸을 정도로 엄청난 것이었다.

…우드드드드득!

북궁설은 추이를 힘으로 찍어 누르기 시작했다.

추이가 창대를 쌍차의 두 번째 날에 걸어 막아 내고 있었지만, 그럼에도 불구하고 송곳의 첫 번째 끝은 점점 추이의 목과 가까워지고 있었다.

"이대로 빙판에 못 박아 주마."

북궁설은 내공을 더 끌어올렸다.

그녀의 가냘픈 손목은 마치 투전승불(鬪戰勝佛)의 여의봉이라도 되는 듯 무게를 더해 가기 시작했다.

…우직! …우직! …우지직!

추이의 몸은 점점 더 빙판 깊숙이 박혀 들고 있었다.

북궁설의 외눈이 불덩이처럼 이글거리기 시작했다.

"그리고 네놈의 시체를 가공해서 강시를 만들 것이다. 이 고강한 육신을 재료로 쓴다면 한낱 철강시를 넘어 혈강시, 아니 마라강시(魔羅僵尸)까지도 노려 볼 수 있겠지."

그녀는 아직 포기하지 않았다.

얼어붙은 주검들을 조종하여 무림을 지배하려는 야욕을

말이다.

"시간이 얼마나 걸리든 간에 나는 반드시 해낼 것이다. 살아만 있으면 언젠가는 그날이 온다. 네놈은 막지도, 바꾸지도 못해. 그 무엇도 말이야!"

이윽고, 북궁설의 송곳 끝이 추이의 목에 가 닿았다.

빨간 선혈 한 줄기가 추이의 목젖 끝에서 방울방울 흘러내리기 시작한다.

바로 그 순간.

"……무엇이라고 생각하나?"

추이의 입이 열렸다.

"내가 여기에 온 이유 말이야."

"?"

북궁설의 외눈이 가늘어진다.

추이는 덤덤한 표정으로 태연하게 말을 이었다.

"대의를 위해 너를 죽여서 무림의 혈사를 막으려고? 아니면 단지 홍공의 계획에 어깃장을 놓기 위해?"

아니다.

추이의 행보는 그러한 정의와는 거리가 멀다.

꾸우우우우욱……

북궁설의 송곳이 추이의 목 가죽을 뚫고 손가락 한 마디 정도의 깊이로 박혔다.

부글거리는 피거품 속에서 추이의 목소리가 새어 나온다.

"아니야. 나는 네 것을 훔치러 왔다."

그 말을 들은 북궁설이 웃었다.

"후후후ー 훔쳐? 나의 무엇을?"

그녀의 손에 더더욱 힘이 들어간다.

태산의 무게와도 같은 거력이 송곳 끝에 담겨 추이의 목을 관통하려 들고 있었다.

그 순간.

…번쩍!

추이의 눈에서 시뻘건 기운이 뿜어져 나왔다.

동시에, 주변에 널브러져 있던 검붉은 주검들이 달그락 달그락 움직이기 시작했다.

"……!"

북궁설의 외눈이 부릅뜨였다.

그녀의 눈에는 보였다.

설원 위에 널브러진 모든 강시들의 몸에서 검붉은 기운이 일렁거리는가 싶더니.

쑤욱ー

이내 엄청난 속도로 뽑혀 나와 추이에게로 흡수되는 광경이.

꾸륵ー 꾸륵ー 꾸르르르르르륵!

심지어 지면 아래에 파묻혀 있던 강시들 역시도 검붉은 기운을 토해 내고 있었다.

그것은 마치 땅속에서 번데기가 된 곤충이 동충하초에게 잡아먹힌 채, 지면 위로 싹을 틔우는 듯한 모습이었다.

ㅊㅊㅊㅊㅊㅊㅊㅊ……

하얀 설원 전체로 검붉은 기운이 번져 나간다.

흰 눈이 서서히 녹아내리며 끈적하고 붉은 물결이 일어나기 시작했다.

산의 정기(正氣)가 정체 모를 혈기(血氣)로 변해 가고 있었다.

불길하게 일렁거리는 혈기들은 수십, 수백 가닥의 줄기를 이루어 추이를 향해 뻗어온다.

마치 혈액으로 이루어진 거대한 파도가 밀려오는 듯한 광경이었다.

쿠오ー오오오오오오!

이윽고, 추이의 내공이 급속도로 차오르기 시작했다.

죽어 나자빠진 혈강시들에게 붙어 있던 것들은 바로 창귀.

나락곡의 살수들로 만든 창귀들이 추이의 부름을 받아 한곳으로 집결하고 있었다.

…우드드드득!

수많은 강시들에게서 뽑아낸 창귀들은 그대로 추이의 창에 깃들었다.

그것은 북궁설의 쌍차를 점차 뒤로 밀어내고 있었다.

피가 뚝뚝 떨어지는 송곳 끝을 앞두고.

"……무엇을 훔칠 것이냐고?"

추이가 북궁설의 질문에 짧게 대답했다.

"전부 다."

동토(凍土)에 파묻힌 시체는 시간이 지나도 썩지 않는다.

그것이 오랜 시간 동안 땅속 깊은 곳에 흐르는 극음의 정기에 노출된다면 건예자(乾麗子), 혹은 철강시라 불리는 존재로 변하게 된다.

그리고 극음의 정기를 한계 이상으로 받아들여도 몸이 터져 나가지 않은 철강시가 있다면 그것은 혈강시, 혹은 생강시라 고쳐 불린다.

북궁설이 홍공과 손을 잡은 것은 바로 이 혈강시를 만들 때쯤이었다.

원래대로라면 산의 정기만을 사용해서 시체를 절여야 하지만, 북궁설은 홍공의 조언에 따라 나락곡의 살수들을 죽여서 추출한 창귀의 혈기(血氣)를 산의 정기에 섞어 사용했고, 그 결과 철강시가 만들어지는 속도가 기존보다 두 배, 아니 세 배는 더 빨라지게 되었다.

이 시점부터 북궁설은 연구에 박차를 가했다.

양질의 시체에 양질의 창귀를 접목시킬 경우 철강시가 혈강시로 변하게 되는 시간 역시도 훨씬 더 단축된다는 것이 확인되었다.

이후, 북궁설은 자신의 휘하에 있던 살수들을 하나하나 강시로 만드는 작업에 착수했다.

나락곡 살수들의 강인한 육체와 혼백은 더더욱 양질의 강시를 제작할 수 있는 재료였다.

그 전까지 강시 제조 과정에서 버려져 왔던 살수의 혼백들은 이제 창귀의 형태로 변해 산의 정기와 융합되었고, 이 방법은 북궁설의 계획을 몇 배나 효율적으로 만들었다.

창귀가 깃들어 있는 혈강시.

이것은 기존에 제작되던 혈강시들보다도 훨씬 빠르게 양산이 가능했다.

북궁설은 곡주 나락노야의 시선을 피해 가며 점차 살수들을 강시화해 나갔다.

곡주에게만 충성하던 살수들은 점차 북궁설만을 위해 움직이는 꼭두각시가 되어 갔다.

나락곡 안에 북궁설의 독자적인 세력이 자라나기 시작한 것이다.

그 이후로도 북궁설은 계속해서 자신의 세력을 은밀히 불려 나갔다.

강인한 살수가 있다면 반드시 죽여서 혼백을 창귀로 만들었고, 그것을 얼어 죽은 육신에 반쯤 붙여 놓아 성불할 수 없게끔 만들었다.

그리하여 나락곡의 살수들은 죽지도 살지도 못한 채 얼어붙은 땅속에 갇혀 고통받는 신세가 된 것이다.

……그리고 추이가 노렸던 것이 바로 이것이었다.

'몽땅 훔쳐 가 주마.'

북궁설이 지금껏 차곡차곡 모아 놓은 나락곡 살수들의 창귀 말이다.

퍼억!

추이의 창에 맞은 강시 하나의 허리가 잘려 나갔다.

츠츠츠츠츠츠……

강시의 육신이 바스라지며, 창귀가 된 혼백 하나가 불안정하게 뽑혀 나온다.

추이는 그 창귀를 흡수하는 동시에 곧바로 창을 휘둘렀다.

부웅—

북궁설은 추이의 창을 피해 뒤로 멀찍이 물러났다.

불길한 기운이 시뻘겋게 일렁거리는 추이의 창을 보며, 북궁설이 눈을 가늘게 떴다.

"뭐냐? 대체 무슨 사술이냐?"

"강시를 만드는 자에게 들을 말은 아닌 것 같은데."

추이는 별다른 감흥도 없다는 듯 창귀를 마저 흡수했다.

강시에 깃들어 있던 창귀들은 너무나도 수월하게 추이에

게 흡수되었다.

추이는 상황을 빠르게 진단했다.

'죽은 지 오래된 창귀들이었던 점, 창귀들이 육신 속에 갇혀 있던 시간이 길었던 점, 그동안 자신이 살아 있는 상태인지 죽은 상태인지 자각하기가 어려워졌던 점, 그 육신을 파괴한 자가 자신을 죽였다고 인식했던 점들이 모인 결과인가. 상황이 잘 맞아떨어지겠다고는 생각했지만 이 정도일 줄은……'

비록 추이가 직접 죽인 것이 아니기는 하지만 상황의 특수성이 이를 가능케 만들었다.

즉, 창귀들은 추이의 손에 두 번 죽은 셈이다.

추이는 북궁설을 도발했다.

"네가 모아 왔던 창귀들이라면 아까부터 내가 빼다 쓰고 있었다. 그것을 이제야 눈치챘다면…… 감이 둔한 편이로군."

사실 추이는 전투가 시작되었을 때부터 계속해서 지하의 창귀를 곶감 빼먹듯 쏙쏙 빨아들이고 있었다.

북궁설이 눈치채지 못할 정도로 은밀하게 말이다.

이윽고, 폭증한 내공이 추이의 전신으로 뿜어져 나왔다.

쉬이이이이익-

눈밭에 파묻혀 있던 창귀들이 아지랑이의 형태로 변해 일렁거린다.

몸속은 용암처럼 부글부글 끓어올랐고 피부는 꽝꽝 얼어

점점 더 단단해졌다.

고체가 액체의 단계를 거치지 않고 바로 기체로 변한다.

추이의 몸에서 흘러나오는 피들이 아삭아삭한 살얼음처럼 변하는가 싶더니 이내 붉은 아지랑이로 화해 흩어지고 있었다.

추이는 급격히 폭증한 내공을 단전 속에 가뒀고 조용히 갈무리했다.

강시들에게 붙어 있던 창귀들을 내공으로 치환하자 그 양이 어마어마하다.

비록 순도가 낮기는 했지만 한 번에 흡수한 양 하나만큼은 회귀 전후를 통틀어 전무후무할 정도였다.

"다시 붙어 보자고."

추이는 곧바로 북궁설과의 거리를 좁혔다.

방금 전, 내력과 내력이 부딪치는 싸움에서 추이는 참패를 겪었었다.

……하지만 지금은 다르다.

수많은 강시들에게서 추출한 창귀들이 고스란히 추이의 내력이 되었다.

말하자면 엄청난 양의 영약을 한 번에 복용하고 온 꼴이었다.

콰—쾅!

추이의 창과 북궁설의 비수가 맞부딪치자 요란한 폭음이

터져 나왔다.

"……! ……! ……!"

자신의 비수가 밀려나는 것을 본 북궁설은 황당하다는 듯한 표정으로 팔을 거뒀다.

하지만 추이는 창을 뒤로 물리지 않고 곧장 그 뒤를 쫓았다.

다시 한번, 추이의 창이 북궁설의 복부를 노렸다.

퍼-억!

추이의 창이 처음으로 북궁설의 어깨에 맞았다.

비록 스치기는 했으나 그녀의 어깨와 가슴팍에는 긴 혈선이 그어졌다.

"큭!?"

북궁설은 세 자루의 비수를 뿌리며 거리를 벌렸다.

하지만 추이는 창을 세 번 놀리는 것으로 비수들을 모두 튕겨 냈고 네 번째 일격을 북궁설의 발에 꽂아 넣었다.

뿌직-

그녀의 오른쪽 발등이 설상화와 함께 절반가량 잘려 나가며 위로 핏물이 튀어 올랐다.

발을 빼는 게 약간 늦은 것이다.

"도망은 못 간다."

"……."

"여기가 네 못자리야."

추이의 얼굴은 여전히 무표정했다.

휘둘러지는 매화귀창 역시도 극도로 건조한 울음소리를
토해 낸다.

쉐엑—

북궁설은 그것을 피해 뒤로 물러났으나.

…철커덕! 차라라라라락! 패액!

매화귀창은 북궁설을 쫓아 기형적으로 늘어난다.

더군다나 폭증한 내력까지 담겨 있는지라 쏘아져 나가는
속도가 훨씬 빨랐다.

쩍—

추이의 창은 북궁설의 왼쪽 팔을 잘라 버리고는 그 너머에
있던 거대한 바위까지 대각선으로 베어 버렸다.

콰콰콰콰쾅!

바위가 무너져 내려 북궁설의 왼팔을 삼킨다.

하지만 북궁설은 붕괴하는 낙석 사이로도 오른팔을 뻗어
비수들을 날려 보냈다.

퍼퍼퍽!

세 개의 비수가 바위를 뚫고 날아가 추이의 어깨, 배, 허
벅지에 꽂혔다.

하지만 추이는 몸에 비수를 박은 채로 밀고 들어와 다시
한번 북궁설의 복부에 창을 쑤셔 박았다.

…뿌드드득!

내공의 벽을 뚫고 들어가 기어이 뱃가죽을 찢어 놓고 마는 창날.

퍼-엉! 후드득- 후드득- 후드득-

북궁설은 황급히 몸을 옆으로 틀어서 창날을 빼냈지만 그 대가로 창자의 상당수를 유실하고 말았다.

"크학!?"

그녀는 피를 한 움큼 토했다.

그러고는 붉게 돌아간 눈을 부릅뜬 채 오른팔을 두 번 휘 저었다.

퍼퍼퍼퍼퍼펑!

저 작은 몸 어디에 저토록 많은 비수가 숨겨져 있었을까 싶은 반격.

언뜻 보기에도 수십 개가 넘을 것 같은 비수들이 추이를 향했다.

추이는 매화귀창을 회전시켜 비수들을 튕겨 냈다.

문제는.

"……!"

추이의 뒤편에 있던 견술과 남궁율이었다.

…퍽!

견술의 개작두가 적야차의 가슴팍에 꽂혔다.

적야차는 피를 쏟아 내며 비틀거리던 끝에 설원 한복판에 쓰러졌고 두 번 다시 일어서지 못했다.

"휴우— 진짜 뒈지는 줄 알았네. 살수 주제에 왜 이렇게 세?"

견술은 땀과 피로 범벅이 된 얼굴을 돌렸다.

그 순간.

"……어!?"

견술의 시야를 꽉 채워 오는 비수들이 보인다.

"야! 뛰어!"

그는 옆쪽에 있던 남궁율을 향해 황급히 외쳤다.

"……!"

청야차 한 명과 대치하고 있던 남궁율이 눈을 휘둥그렇게 떴다.

비명을 지를 틈조차도 없었다.

남궁율의 앞에 있던 청야차가 비수의 소나기에 폭격당해 걸레짝으로 변해 버렸다.

퍼퍼퍼퍼퍼퍽!

그나마 청야차가 고기 방패가 되어 준 덕분에 남궁율은 목숨을 부지할 수 있었다.

하지만.

콰—악!

비수의 소나기가 그친 곳에 기다리고 있었던 것은 북궁설의 우악스러운 손아귀였다.

"커헉!?"

남궁율은 북궁설에게 목을 잡힌 채 허공으로 들어 올려졌다.

북궁설은 이를 뿌득뿌득 갈며 추이를 돌아보았다.

"손가락 하나만 까딱 해 봐라. 바로 이년의 모가지를 꺾어 놓겠다."

최후의 순간에 벌이는 인질극.

사실 그것이 통할지는 북궁설 자신도 확신하지 못하고 있었다.

아니나 다를까, 추이의 얼굴에는 일말의 표정 변화도 없다.

남궁율 본인 또한 외치고 있었다.

"추 소협! 저는 신경 쓰지 마시고 이 악적을……! 컥!"

북궁설은 손을 한 번 세차게 흔들어 남궁율의 목소리를 막았다.

추이와 북궁설 사이에 약간의 대치가 이어졌다.

이윽고, 추이가 뒤로 한 발 물러났다.

"놔줄 테니 그 여자를 내려놔라."

"……!"

견술과 남궁율의 눈이 휘둥그레진다.

추이가 협상에 응할 것이라고는 전혀 생각지 못했기 때문이다.

심지어 인질극을 시도한 북궁설마저도 추이의 말을 믿지 못하고 있었다.

"……거짓을 내뱉는 놈 같지는 않은데. 진심이냐?"

"두 번은 말하지 않는다. 놔줄 테니 그 여자를 내려놔라."

추이는 무미건조한 어조로 같은 말을 반복한다.

"……."

북궁설은 한동안 무언가를 고민했다.

그러고는 그 끝에 덧붙였다.

"두 놈 다 뒤로 백 보를 물러나라. 그렇다면 이 여자를 이곳에 놓고 가겠다."

"……."

추이는 곧바로 몸을 움직였다.

견술 역시도 못마땅한 표정으로 그 뒤를 따른다.

저벅– 저벅– 저벅– 저벅–

추이의 모습이 멀어질수록 남궁율은 한탄했다.

"아아…… 나 때문에…… 내가 약해서…… 추 소협이……강호의 악적을…….."

어찌나 분한지, 이를 꽉 악물고 있는 그녀의 눈에는 눈물마저 고여 있었다.

이윽고, 북궁설의 입가에는 비릿한 미소가 번져 간다.

"좋다. 나도 약속을 지키는 사람이다. 옛다!"

그녀는 남궁율을 눈바닥에 내팽개쳤다.

그러고는 곧장 그녀의 배에 일장을 내질렀다.

퍼―엉!

소수마공 특유의 창백한 기운이 터져 나왔다.

"꺼헉!"

남궁율은 그 자리에서 정신을 잃고 말았다.

북궁설은 온 힘을 다해 내달렸다

"바로 의원에게 데려간다면 목숨은 건질 게다!"

그녀는 북풍보다도 빠른 속도로 비탈을 타 내려갔다.

그러고는 커다란 바위를 넘어, 절벽 위를 날아, 고사목들의 숲이 있는 쪽으로 쏜살같이 질주했다.

반쯤 잘려 나가 덜렁거리던 오른쪽 발이 완전히 떨어져 나갔지만 지금 그런 것을 신경 쓸 때가 아니었다.

'추워서 그런가, 통증은 덜하군.'

북궁설은 피를 뿌리면서도 계속 발을 놀려 설원 위를 내달렸다.

그 순간. 그녀는 느꼈다.

"……!?"

어느새부터인가 뒤따라오고 있는 시선을.

자신의 등을 향해 빠르게 가까워지고 있는 창끝을.

"뭣……!?"

뒤를 돌아본 북궁설의 눈에는 추이의 얼굴이 보였다.

특유의 무표정한 얼굴, 흔들림 없는 붉은 눈동자가 자신을 향해 고정되어 있는 것을 본 그녀의 등골에 오싹— 소름이 끼쳐 오른다.

동시에.

휘청—

그녀는 몸의 무게중심이 흔들리는 것을 느꼈다.

'……독!?'

왜 지금껏 눈치채지 못했을까.

최소한 아까 오른쪽 발이 절반쯤 떨어져 나갔을 때 눈치챘어야 했다.

그러고 보니 아까 전에 어깨에 창을 맞은 뒤로부터 미묘하게 몸의 감각이 둔해지는 느낌이었다.

"묘족의 독이다. 창끝에 발라 뒀지."

추이는 매화귀창을 들어 보이며 말했다.

장강수로채에서 사백정을 죽이고 얻은 묘족의 독이 제 역할을 쏠쏠히 다했다.

"으으으으! 이놈! 무슨 놈의 경공이……!?"

북궁설은 어마어마한 속도로 가까워지는 추이를 보며 소리쳤다.

다른 것은 몰라도 경공만큼은 초절정의 경지에 닿아 있는 추이다.

그것은 일전에 겨루었던 검왕 남궁천에게도 인정받은 바 있었다.

이윽고, 추이가 최후의 일격을 준비했다.

한계까지 꼬여 든 근육 섬유가 창날에 힘을 싣는다.

추이가 팔을 앞으로 내뻗는 순간, 전신의 근육들이 폭발하듯 힘을 쥐어짜 냈다.

콰—앙!

모든 내공이 실린 창끝이 앞으로 쏘아져 나간다.

목표는 허공에 떠 있는 북궁설이었다.

"으아아아아아아아!"

북궁설 역시도 하나 남은 팔을 내질렀다.

백색의 음기가 실린 송곳과 비수들이 추이를 향해 날아간다.

허공에서 이루어진 날붙이 교환의 결과는 곧 나왔다.

…퍼퍼퍼퍼퍼퍼퍼퍽!

추이는 전신을 수십 번이나 난자당하긴 했으나 미간, 관자놀이, 눈, 목, 심장, 폐, 간, 사타구니 등의 급소들은 모두 피했다.

반면 북궁설은 딱 한 곳에, 창날을 반 뼘 정도 몸속으로 허용했을 뿐이었다.

쿡—

……바로 미간 사이에 말이다.

차라라라락!

쇠사슬이 당겨지며 창의 길이가 줄어든다.

추이는 곧바로 매화귀창을 회수했고 그대로 맞은편 절벽 가에 쓰러졌다.

쾅! 데굴데굴데굴……

급소를 제외한 온몸에 비수가 박혔다.

추이는 마치 검붉은 호저와도 같은 모양새로 일어났고 몸에 묻은 눈을 털었다.

재수 없으면 급소를 모두 피했음에도 불구하고 동사를 면치 못할 것이다.

'독까지 발라져 있었나.'

몸에 박혀 든 비수 끝에서 뭔가 톡톡 쏘는 감각이 느껴지고 있었다.

생각해 보면 살수가 쓰는 비수인데 독이 없는 것이 이상하긴 하다.

츠츠츠츠츠……

단전 속의 창귀들이 체내를 빠르게 돌아다니며 독기운을 태워 없앴다.

몸에 들어온 것은 약기운이든 독기운이든 모조리 없애 버리는 것.

이 또한 창귀칭의 부작용 중 하나다.

추이는 창으로 바닥을 짚은 뒤 고개를 돌렸다.

그때쯤 해서.

…퍽!

절벽 아래쪽에서 고기를 다질 때 날 법한 소리가 들려왔다.

북궁설. 그녀가 절벽 중턱에 툭 튀어나와 있는 바위 위에 쓰러져 있었다.

잘려 나간 왼팔 어깨와 오른쪽 발등에서 붉은 피가 흘러나와 눈을 적신다.

남아 있는 오른팔과 왼발 역시도 각기 이상한 방향으로 꺾여 있는 것이 보였다.

하지만 그녀의 주된 사인(死因)은 미간 사이에 손가락 하나 정도의 길이와 깊이로 패인 창상(創傷)이다.

"……."

확인사살을 해야 하는데 힘이 남아 있지 않았다.

방금 전 최후의 일격을 날리는 데 모든 힘을 쏟아부었기 때문이다.

'회귀한 이래 죽였던 놈들 중 가장 강했던 것 같은데.'

곤귀 구강룡, 북궁원로 남궁팽생, 패도회주 도막생, 인백정 가정맹, 하나하나가 다시 싸워도 승패를 온전히 장담할 수 없는 강적들이다.

하지만 그럼에도 불구하고, 시귀 북궁설은 단연코 가장 까다로운 상대였다.

'창이 미간에 적중해서 다행이었지, 조금이라도 빗나갔다면 저 절벽에 떨어져 있는 쪽이 나였을 것이다.'

그 막대한 양의 내공을 한 번에 폭사했음에도 불구하고 손가락 하나 정도 깊이의 상처를 남겼을 뿐이니 말이다.

만약 혈강시들이 완성된 상태에서 만났더라면 그녀의 옷자락 한 번 스칠 수 없었으리라.

그때.

"이봐! 예쁜아! 괜찮아!?"

견술이 추이의 옆에 내려섰다.

그는 곧장 손바닥을 추이의 등에 댔고 자신의 내공을 흘려 넣어 주었다.

견술이 보내 주는 내력 덕분에 추이의 체내에 침투한 냉기들이 빠르게 흩어지고 있었다.

꽝꽝 얼어붙으려던 피가 적당히 녹아내리자 비로소 추이의 얼굴에 혈색이 돌아왔다.

한편, 견술은 눈앞에 있는 북궁설의 시체를 보며 혀를 내둘렀다.

"백 보나 떨어져 있었는데 이걸 어떻게 따라잡았대? 예쁜이 너…… 진짜 특기가 경공술이었구나?"

"확인사살부터. 빨리."

"어? 그, 그래."

추이의 말을 들은 견술이 바로 움직였다.

…팟!

견술은 눈 깜짝할 사이에 절벽을 타고 내려가 북궁설의 시체 앞에 도착했다.

쩌억— 쩍!

개작두가 단단한 빙판을 가른다.

빙판 위에 쓰러져 있던 북궁설의 시체가 수십 토막이 나 흩어졌다.

그제야 추이도 고개를 끄덕였다.

"그만하면 됐다."

북궁설의 혼백이 창귀가 되어 추이의 단전 속으로 들어왔다.

하지만 견술은 그러고도 안심이 안 됐는지 북궁설의 파편들을 절벽 아래로, 제각기 다른 방향을 향해 걷어차 버렸다.

바로 그때.

"어허허허허허—"

저 앞에서 웬 너털웃음이 들려왔다.

"……!"

절벽 위로 올라오던 견술이 화들짝 놀라 개작두를 들어 올렸다.

추이 역시도 고개를 돌렸다.

설원 저 너머. 바람에 실려오는 눈발 너머로 붉은 그림자 같은 것이 어른거리고 있었다.

그것을 보는 즉시 추이는 직감했다.

저렇게 불길한 마기(魔氣)를 뿜어낼 수 있는 존재가 달리 또 있을 리 없다.

"홍공."

호명(呼名)과 동시에 웃음소리가 뚝 그쳤다.

이윽고, 그림자가 말했다.

"……나의 왼팔을 끊어 놓았으니, 언젠가 반드시 이 신세를 갚겠네."

바람 소리가 거셌기에 그 목소리는 마치 흐릿한 환청처럼 들렸다.

그래서 노인의 것인지, 젊은이의 것인지, 남자의 것인지, 여자의 것인지, 아무것도 알 수 없었다.

"뭐 하는 새끼야!?"

견술이 붉은 그림자를 향해 냅다 개작두를 던졌지만 헛일이었다.

개작두는 황망한 포물선을 그리며 빙판 바닥에 박혔고 그곳에는 아무것도 없었다.

불길처럼 홀연히 꺼져 버린 붉은 그림자.

추이는 그것이 사라진 방향을 한동안 물끄러미 바라보았다.

"어차피 곧 만나게 될 것이다. 굳이 쫓지 마라."

"아냐! 방금 전까지 저기에 있었잖아! 쫓아가면 잡을 수 있어!"

"잡아도 못 이긴다. 내 몸이 정상이었어도 다섯 합을 장담할 수 없는 상대야."

"......!"

추이의 말을 들은 견술이 움찔했다.

추이는 방금 전 초절정의 경지를 목전에 두고 있었던 북궁설을 죽이지 않았던가.

그런 추이가 승산이 없다고 한다면 그 말을 듣는 것이 옳다.

견술이 속삭이듯 물었다.

"......근데 왜 도망갔지?"

"조심성이 많기 때문이지. 내가 뭔가를 숨기고 있다고 판단한 듯하다."

의도치 않은 공성계(空城計)가 통해 버렸다.

추이에게는 퍽 다행스러운 일이었다.

'뭐, 나름대로 준비해 놓은 함정이 있기는 했지만...... 역시 여지를 주지 않는군.'

추이는 홍공이 사라진 방향을 보며 혀를 한번 찼다.

만일의 사태에 대비해 이 근방에 있는 지형들을 철저히 확인해 두었다.

발을 한 번 구르기만 해도 대규모의 눈사태를 일으킬 수
있는 장소들을 말이다.

하지만 홍공이 도발에 걸려들지 않고 내빼 버렸으니 굳이
그 장소들을 찾아가 모험을 할 일은 없게 된 것이다.

"휴. 그럼 이제 얼추 마무리된 건가?"

견술은 입맛을 다시며 개작두를 주워 들었다.

"설산에서의 볼일은 이걸로 끝?"

"그런 셈이지."

추이는 몸에 박힌 비수들을 빼지도 않은 채 자리를 털고
일어났다.

그러고는 나지막한 목소리로 말했다.

"이제는 무림맹으로 가는 일만 남았다."

타초경사(打草驚蛇).

사도련을 치기 위해서는 무림맹의 힘을 끌어다 쓸 필요가
있었다.

사도련에 숨어 있는 홍공을 끌어내기 위한 두 번째 발걸음
이었다.

남궁율. 그녀는 지금 꿈을 꾸고 있었다.

'아, 여기는 꿈속이구나.'

남궁율은 자신이 꿈속에 있다는 사실을 자각했다.

그도 그럴 것이, 지금 그녀의 눈앞에 보이는 것은 과거의 그녀였으니까.

둥– 둥– 둥– 둥–

울려 퍼지는 북소리, 이글거리는 성화.

그 앞에서 과거의 남궁율이 어장검을 든 채 검무를 추고 있다.

칼을 든 채 춤을 추고 있는 남궁율의 앞에는 삽혈맹세의 제물로 쓰일 늑대가 매달려 있었다.

'아앗! 거, 거기로 가면……!'

남궁율은 손을 뻗으려 했지만 어째서인지 몸은 움직이지 않았다.

목소리 역시도 그저 뻐끔뻐끔 막힐 뿐이었다.

이윽고, 제단의 남궁율이 제물의 배를 가르려 한다.

그리고 예상대로의 일이 벌어졌다.

…푸확!

늑대 배 속에서 뛰쳐나온 피투성이의 남자.

근육이 날것 그대로 펄떡거리는, 비린내가 풍기는 생피를 흠뻑 뒤집어쓴, 우악스러운 손길로 자신의 목을 조르는.

이것이 추이, 그와의 첫 만남이었다.

남궁율은 묘한 흥분으로 인해 손끝을 떨었다.

추이의 손에 잡힌 자신의 얼굴이 보인다.

바알간 불빛에 물든 얼굴, 당황과 공포로 인해 일그러진 표정, 속절없이 짓밟히고 내리깔리는 몸뚱이.

여자로서, 무림인으로서, 지금껏 한 번도 경험해 본 적 없던 일이 눈앞에서 벌어지고 있었다.

'……내가 저런 얼굴을 하고 있었나?'

기억하던 것보다도 훨씬 더 묘하다.

산발이 된 머리카락, 범벅이 된 눈물과 침, 상기된 얼굴로 발버둥 치는 자신의 모습을 보고 있노라니 어딘가 찌릿하고 오싹한 느낌마저 든다.

그때, 과거의 자신이 더듬더듬 말한다.

'이…… 악적…… 남궁세가…… 한복판…… 이런 짓을…… 벌이고도…… 무사……할 수…….'

그것을 본 남궁율이 기겁했다.

'헉!? 안 돼! 그런 말을 하면……!'

그리고 역시나, 사건은 기억의 지평선을 따라 순리대로 흘러간다.

쑤ㅡ욱!

남궁율의 벌어진 입속으로 추이의 혀가 들어갔다.

태어나서 처음 해 본 입맞춤.

그 맛은…….

'컥!? 꺄아아아아악!'

혀끝부터 혀뿌리까지 타들어가는 듯한 매운맛이었다.

"……헉!?"

그때의 매운맛을 떠올리니 새삼 정신이 번쩍 든다.

확—

남궁율은 꿈에서 깨어나자마자 몸을 벌떡 일으켰다.

"여, 여기가 어디야?"

그녀는 황급히 고개를 들어 주변을 살폈다.

요약하자면, 이곳은 마차 안이었다.

그녀는 따듯한 털이불을 덮은 채 마차의 안쪽에 홀로 누워 있었고, 마차 구석에는 시비로 보이는 두 명의 여인이 웅크린 채 잠들어 있었다.

창밖으로는 사람들이 분주하게 오가고 있는 풍경이 보인다.

마차는 인파가 북적이는 저잣거리의 대로를 달리고 있다.

"앗, 깨어나셨습니까요?"

앞쪽에 있던 마부가 고개를 돌렸다.

깡마른 체격과 염소수염. 눈에는 시퍼런 멍이 들어 있는 남자.

그는 바로 서세치였다.

남궁율은 멍한 표정으로 두 눈을 끔뻑거렸다.

그리고 곧바로 물었다.

"여, 여긴 어디예요? 왜 제가 여기에 있죠?"

"진정하세요, 아가씨. 제가 다 설명드리겠습니다."

서세치는 채찍을 들어 말의 속도를 늦췄다.

그러고는 그간의 사정을 간략하게 요약해서 정리해 주었다.

"우선, 아가씨께서는 장장 열흘을 누워 계셨습니다."

"열흘이나요!?"

"예에— 마두의 빙공에 당하셔서 혼수상태셨지요."

서세치의 말을 들은 남궁율은 천천히 고개를 끄덕였다.

그러고 보니 기억이 또렷하게 났다.

자신이 북궁설에게 인질로 잡히고, 추이가 그런 자신을 구하기 위해 결전을 포기하던 그 순간이 말이다.

남궁율은 참담한 심경으로 고개를 떨어트렸다.

'내가…… 내가 약해서…… 내가 약해서 추 소협의 발목을 잡았구나.'

하지만 그녀의 심경을 알 리 없는 서세치는 설명을 계속 이어 나갔다.

"추이 천두님께서 아가씨를 직접 안고 내려오셨습니다. 설산에서 내려오시자마자 바로 의원으로 갔지요. 아 참, 저도 그 뒤를 열심히 쫓았습니다. 뭐, 나중에는 견술 천두님께서 저를 안고 내려와 주시기는 했지만…… 아우. 그때를 생각하니 또 눈탱이가……."

눈두덩이의 멍을 보면 아마도 견술에게 안겨 내려오던 중

한 대 얻어맞은 모양이었다.

뭐, 아무튼. 서세치의 설명은 다음과 같았다.

남궁율은 기절했고, 추이는 그런 남궁율을 의원에 데려가 치료했다.

이후 서세치에게 마차를 몰게 하고 의원 소속의 시비 둘을 붙여 남궁세가로 보냈다.

그것이 지난 열흘 동안 벌어진 일이었다.

"지금 저희는 안휘성으로 가고 있습니다. 도중에 배도 한 번 탔으니 이제 남궁세가까지 얼마 안 남았습니다그려."

"……그렇군요."

남궁율은 잠시 고개를 숙였다.

그러고는 잠시 뜸을 들이던 끝에 서세치에게 물었다.

"혹시 추이 소협이…… 떠나시면서 별말씀 없으셨나요?"

인질로 잡힌 자신을 구해 준 것에 대한 고마움, 그리고 자신을 두고 갔다는 것에 대한 서운함.

남궁율은 그녀 스스로도 모를 복잡하고 혼란스러운 마음으로 질문을 던졌다.

그리고 서세치는 별생각 없이 고개를 갸웃한다.

"글쎄요…… 소저에게 따로 남긴 말은 딱히……."

"그런가요……."

남궁율이 다시 한번 고개를 떨구려는 그 순간.

"아."

서세치가 문득 생각났다는 듯 손뼉을 쳤다.

그러고는 자신의 머리를 통통 두드리며 말했다.

"하나 있기는 했습니다. 워낙 지나가듯이 말씀하셔서 깜빡 잊을 뻔했네요."

"뭐, 뭔데요?"

남궁율의 고개가 위로 번쩍 들린다.

그런 그녀에게, 서세치가 짧은 한마디를 전했다.

"'또 보자'. 그렇게 말씀하셨습니다."

그리고 그 말을 전해 듣는 순간.

왈칵―

그녀의 가슴속 깊은 곳에서 북받치는 무엇인가가 눈을 통해 흘러내렸다.

'나, 그 사람을 좋아하는구나.'

남궁율이 자신의 마음을 깨닫는 순간이었다.

견십회(甄十回)

하남성(河南省).

중화 문명의 발상지들 중 하나로 '중원(中原)' 그 자체로 통하는 지역이다.

세상의 중심(中心)을 자칭하는 중원인들이 '천지가 화합하는 중심', 즉 '중심 중의 중심'으로 생각하는 땅이며 오악(五岳) 중 하나인 숭산(嵩山)이 이곳에 있기도 하다.

하남에서 가장 유명한 집단은 뭐니 뭐니 해도 무림맹(武林盟)과 소림사(少林寺)였다.

정도의 상징이자 자존심 그 자체인 무림맹.

그리고 그 무림맹을 떠받치고 있는 열다섯 개의 기둥(定道 十五柱) 중 하나인 소림사.

정도의 대표 격인 이 두 집단을 중심으로 중원 각지로 통하는 도로와 물길 들이 생겨났고, 자연스럽게 오가는 인구도 늘어났다.

지난 십수 년 사이에도 수많은 부호들이 돈을 싸 짊어진 채 몰려들었고, 이에 따라 거대한 상업 지구들이 발달하였으며, 곧 거미줄처럼 얽혀 있는 수많은 번화가들이 생겨난 것이다.

하남성의 난양(南阳) 신예현(新野县), 그중에서도 작은 변두리 마을인 변집향(樊集乡) 역시도 예전과는 비교조차 할 수 없을 정도로 번화해 있었다.

……하지만 사람이 많으면 곧 말썽도 많은 법.

사람들이 북적거리는 번화가에서 위화감을 조성하는 사내가 한 명 있었다.

"어어─ 날씨 한번 좋~다!"

우이. 그는 칠 척 장신의 파락호(破落戶)였다.

특이하게도 그는 몸에 털이 한 오라기도 없었으며, 털이 있을 만한 부위들에는 온통 무시무시한 호랑이 문신들이 자리잡고 있었다.

우이가 저잣거리에 뜨자 상인들은 황급히 좌판 위의 물건들을 치우기 시작했다.

"몰모대충(沒毛大蟲)이다! 털 없는 호랑이가 온다!"

"어우, 귀신은 뭐 하나 몰라. 저런 놈 안 잡아가고."

"빠, 빨리 물건들 집어넣어! 다 뺏길라!"

주변 상인들이 몰모대충이라고 부르며 두려워하는 사내가 바로 우이다.

그도 그럴 것이, 그는 좌판 위의 물건들을 돈도 내지 않고 마음대로 가져갔으며 필요 없는 것이라 할지라도 반드시 침을 뱉거나 부수거나 해서 망쳐 놓았다.

상인들이 몇 번이나 관아에 고발장을 넣었지만 소용없었다.

우이는 관아에 끌려가서 곤장을 맞아도 별로 아파하지 않았으며, 감옥에서 나오고 난 뒤에는 더더욱 지랄맞게 난장을 부렸기 때문이다.

그래서 저잣거리 주변의 상인들은 우이에게 대항하기를 포기했고 이제는 그냥 똥처럼 생각하며 피할 따름이었다.

말하자면, 똥이 더러워서 피하는 게 아니라 무서워서 피하는 셈이다.

아삭—

우이는 과일장수의 바구니에서 복숭아 하나를 꺼내 깨물어 먹었다.

그러고는 대뜸 손을 뻗어 지나가는 여자들의 엉덩이를 주물럭거렸다.

"꺄악! 뭐 하는 거예요!"

"뭐 이년아! 복숭아 즙 좀 닦았다, 왜!"

낄낄 웃던 우이는 이내 나물 파는 노파의 소쿠리를 냅다 뻥 하고 걷어찬다.

"벌레도 아니고, 뭔 풀떼기를 먹으라고 팔고 앉았어?"

잠깐 사이에도 피해를 본 사람이 벌써 수 명이다.

하지만 그럼에도 불구하고 그 누구도 우이에게 항거하지 못했다.

까딱 잘못하면 잃을 것 없는 왈패 놈에게 걸려 불구가 될지도 모르니 말이다.

그 사실을 잘 알고 있는 우이는 낄낄 웃으며 대로 한복판을 걸어갔다.

어슬렁어슬렁, 한껏 거드름을 피우면서 말이다.

"……."

"……."

"……."

사람들은 우이의 험상궂은 얼굴과 커다란 덩치를 보고 다들 옆으로 피했다.

그럴수록 우이의 기세는 점점 등등해졌다.

"아― 천하에 나와 대적할 만한 적수가 없도다! 역발산기개세(力拔山氣蓋世)의 장사는 오늘도 외로웁구나!"

그는 껄껄 웃으며 좌판 위의 과일과 떡, 술을 마음대로 집어먹었다.

그러고는 미처 피하지 못한 남자들을 어깨로 밀쳐 쓰러트리고 도망가는 여자들을 쫓아가 희롱했다.

바로 그때.

"……으응?"

우이는 길 한복판에서 잠시 멈춰 섰다.

저 앞에 누군가가 걸어오는 것이 보인다.

죽립을 눌러쓰고 있는 남자 둘.

하나는 어른이고, 다른 하나는 아이다.

여느 사람들과 다를 바 없는 평범한 복장이었기에 평소였다면 눈길도 주지 않았을 것이다.

……하지만 지금은 상황이 조금 다르다.

모든 사람들이 두려움에 떨며 좌우로 비켜서 있는 것과는 달리, 저 둘은 우이를 전혀 두려워하고 있지 않았다.

그래서 우이와 두 사내는 대로 한복판에서 서로 마주 보는 형국이 되었다.

티잉―

우이는 더운 콧김을 뿜어냈다.

그러고는 민둥민둥한 가슴팍을 한껏 부풀리며 외쳤다.

"어이, 잡것들아! 길 안 비키냐!?"

그때까지도 죽립을 쓴 남자 둘은 무언가 두런두런 이야기를 나누고 있었다.

주로 어른이 말을 걸고 아이는 고개를 끄덕이거나 하는 식이었다.

우이는 다시 한번 버럭 소리 질렀다.

"어딜 감히 호걸이 걸어가는 앞길을 막아!? 엉!?"

처음에는 그냥 가볍게 쥐어박아서 겁만 줄 생각이었다.

…퍽!

우이의 주먹이 키 큰 사내의 죽립을 때렸다.

한데?

"뭐야?"

사내는 깜짝 놀랐다는 듯 고개를 든다.

그러고는 말을 이었다.

"놀랐네. 벌레인 줄 알았잖아."

이윽고, 죽립 사이로 보이는 사내의 눈매가 사나워졌다.

"이 자식이 어딜 어른들 얘기 나누는데 버릇없이……!"

그 말을 들은 우이의 표정 역시도 사납게 일그러졌다.

"뭐라고!? 이 새끼들이 오늘 아주 쌍으로 피떡이 되어 봐
야 정신을……!?"

하지만 그는 말을 끝까지 이을 수 없었다.

…퍽!

작은 키의 소년이 별안간 발을 들어 올려 우이의 사타구니
를 걷어찼기 때문이다.

"끽!?"

우이는 두 손으로 고간을 붙잡았다.

그리고 엉거주춤한 자세로 허리를 구부려 엉덩이를 뒤로

뺐다.

우이와 소년의 눈높이가 비슷하게 되었다.

그 상태에서.

짜—악!

소년은 우이의 귀싸대기를 후려갈겼다.

…퍽!

우이는 이빨 스무 개를 토해 내며 삼 장이 넘게 날아갔고 가로수 하나를 부러트리고서야 멈췄다.

그 이후로는 쭉 움직이지를 않아서 죽었는지 살았는지도 알 수 없었다.

"아따— 예쁜아. 너 손 한번 맵다."

이윽고, 어른이 죽립을 고쳐 썼다.

헤실헤실 웃는 그는 바로 견술이었다.

"가자."

소년 역시도 죽립을 기울였다.

추이. 그가 드디어 무림맹이 있는 하남성에 도착한 것이다.

추이와 견술. 둘은 마을에 도착하자마자 곧바로 객잔을 찾았다.

"따라와 봐. 내가 분위기 괜찮은 데를 알아."

견술은 씩 웃으며 말을 이었다.

"사실 말이야. 내 고향이 여기거든."

이윽고, 견술은 추이를 데리고 시장 외곽에 있는 한 허름한 객잔으로 향했다.

사실 그곳은 객잔이라기보다는 작대기 몇 개를 세워 놓고 그 주변에 더러운 천과 거적떼기를 이어 붙여 놓은 장소였다.

삐걱—

대문을 열자 요란한 소리와 함께 경첩이 떨어져 나간다.

"에헤이~ 이 문짝은 여전히 말썽이네. 세월이 얼마나 지났는데 여태 이걸 안 고쳤대?"

객잔 안쪽으로 들어가자 흙바닥 위에 걸어 놓은 솥과 나무 그루터기를 쪼개서 만든 의자들이 보인다.

솥 안에서는 미꾸라지, 붕어, 메기, 소 내장, 돼지 비계, 시래기, 된장 등이 뒤섞여 끓고 있었고 그 아래의 화톳불 위에는 참새와 메추리 등이 꼬치에 꿰인 채 구워지고 있었다.

구석의 항아리에는 아직 거르지 않은 술들이 가득 담겨 있고 그 앞에는 털을 뽑다 만 닭이 숫돌 위에 덩그러니 놓여 있었다.

견술은 의자에 앉자마자 기세 좋게 말했다.

"어이~ 이모! 이모 없나! 여기 오늘의 죽 한 그릇하고, 참새 꼬치 좀 내와 보쇼!"

그러자 주방 쪽에서 누군가가 들어왔다.

파리한 안색의 한 젊은 아낙이었다.

주인장의 얼굴을 본 견술이 눈을 동그랗게 떴다.

"이잉? 뭐야? 오랜만에 왔더니 이모는 없고 웬 아가씨가 나와? 왕 노파는?"

"이모라 하면, 혹시 저희 할머님을 말씀하시는 것인지요? 벌써 십 년도 전에 돌아가셨습니다만……."

그 말에 견술이 입을 다물었다.

이윽고, 젊은 주인장은 추이와 견술의 앞에 각각 죽 한 그릇과 참새구이를 내려놓았다.

"저희 할머님을 기억해 주시고 찾아 주셔서 감사합니다. 음식값은 안 받을 테니 모쪼록 맛있게 드십시오."

돌아서는 주인장의 눈시울이 왠지 촉촉하다.

견술은 입맛을 다시며 숟가락을 들었다.

"거참. 여기는 내가 어릴 적부터 오던 곳인데…… 세월이 흐르긴 흐르는가 봐. 그 요괴 같던 할망구가 죽었다니. 참."

"……."

추이는 별다른 말을 하지 않았다.

견술은 죽을 숟가락으로 몇 번 퍼 먹고는 고개를 끄덕였다.

"맛은 그 시절 그대로인데 말이야."

"……."

추이는 여전히 아무런 대답도 하지 않았다.

왜냐하면 머릿속으로 앞으로의 일을 생각하고 있었기 때문이다.

'사도련의 추격을 벗어나 무림맹 안에서 활동하려면 새로운 신분이 있어야 한다.'

굳이 새로운 신분을 만들려는 이유는 무림맹 안에서 주목받지 않고 조용히 지내려는 의도도 있었다.

그때, 견술이 참새를 우물거리며 물었다.

"근데 왜 무림맹에 들어간댔지?"

"……."

추이는 잠시 생각했다.

원래 추이가 무림맹에 들어가려고 한 이유.

그것은 바로 무림맹과 사도련이 정기적으로 맞붙는 비무대회 때문이었다.

'황실이 주관하여 전 무림의 강자들이 맞붙게 되는 정, 사 통합 비무대회. 그때가 홍공이 본격적으로 강호무림에 흉명을 떨치게 되는 계기였지.'

황실 주최하에 벌어지는 통합 비무대회는 사 년에 한 번씩 개최된다.

추이는 바로 그 자리를 노리고 있는 것이었다.

하지만 그 사실을 곧이곧대로 말할 이유는 없기에, 추이는 그저 짤막하게 대답했다.

"만나야 할 사람이 있다."

"오– 무림맹주라도 되나?"

"거기까지는 알 것 없어."

"섭섭하네. 나름 전우인데."

하지만 말과는 달리 견술은 전혀 섭섭한 기색이 아니었다.

왜냐하면 그는 아까부터 다른 곳에 정신이 팔려 있었기 때문이다.

"뭐, 그럼 예쁜이 너는 이제부터 새로운 신분을 만들어야겠군?"

"그래."

"그럼 고생하라고. 나는 오랜만에 고향도 왔겠다, 겸사겸사 묵은 일거리 하나를 처리해야겠어."

사실 견술이 고향에 와서 뭘 하든 간에 추이의 관심사는 아니다.

추이는 묵묵히 눈앞에 있는 죽그릇을 비웠다.

그때. 견술이 객잔 주인을 부르더니 이런 질문을 했다.

"어이. 주인장. 혹시 서문경(西門慶)이라고 아나? 내 옛날 친구인데."

그러자 주인장은 잠시 멈칫했다.

그러고는 떨떠름한 표정으로 고개를 끄덕였다.

"호보의(呼保義) 서문경 나리라면야 이 근방에서 모르는 사람이 없지요."

"호호호– 그런가. 여전한가 보네, 짜식. 걔 요즘 어떻게 지낸대?"

"……이번에 저 멀리 등천학관의 교관 보좌(教官補佐)로 임명되었다고 합니다. 그래서 곧 이사를 가신다고 들었습니다만."

"교관이면 교관이지 교관 보좌는 또 뭐람? 뭐, 아무튼 번화가로 가려나 보네. 그럼 이 바닥을 뜨기 전에 빨리 만나 봐야겠군."

그때,

"그 서문 뭐라는 놈과는 어떻게 알게 된 사이냐?"

드물게도 추이가 견술의 일에 관심을 보였다.

추이가 먼저 자신에게 관심을 보이자 견술은 기쁜지 생글생글 웃었다.

"친구야. 옛 친구."

"조금 더 자세히."

"자세히? 으음."

추이의 요구를 들은 견술은 잠시 무언가를 생각했다.

"……."

이윽고, 과거 회상을 마친 견술은 씩 웃으며 발랄한 어조로 대답했다.

"내 형수랑 바람났던 놈이야."

견술은 이른 낮부터 술에 취했다.

그래서 아직 거르지도 않은 술을 마구 퍼마신다.

오죽했으면 보다 못한 젊은 아낙이 주방에서 나와 그의 옆에 앉아서 술을 걸러 주겠는가.

"으아~ 미안해~ 근데 술을 안 마실 수가 없어! 옛날에는 여기서 맨날맨날 이렇게 퍼마셨단 말이지이~"

"할머니 손님인데 괜찮아요. 어차피 다른 손님도 없고. 그리고 잘생긴 분들은 봐드립니다."

주인장은 넉살도 좋게 견술의 잔을 채워 준다.

텅 빈 술동이가 이미 세 짝이다.

이윽고, 견술은 술에 잔뜩 취한 채 자신의 이야기를 꺼내 놓았다.

"딸꾹– 그러고 보니 말이야⋯⋯ 나한테는 말이야⋯⋯ 형이 하나 있었다는 말이야⋯⋯."

'있다'가 아니라 '있었다'라는 과거형이다.

추이는 묵묵히 죽을 먹었다.

견술은 계속해서 말을 이어 나갔다.

"형 이름은 견랑(狼)이고 나는 견술(戌)⋯⋯ 형은 늑대고 나는 개⋯⋯ 근데 형은 키가 엄청 작고 못생겼었어. 얼굴은 팍삭은 데다가, 피부는 곰보고, 허리는 굽었고⋯⋯ 나는 보시

다시피 응? 이렇게 미끈하고 훤칠하잖아. 그래서 사람들이 막 형이랑 동생이 이름을 바꿔야 한다고⋯⋯ 뭐 그랬지."

형인 견랑은 늑대답지 않게 작고 못생겼다.

동생인 견술은 개답지 않게 크고 잘생겼다.

견술은 탁자 위에 엎어졌다.

그리고 낄낄 웃으며 말했다.

"형은 약장수 밑에서 일했어. 약을 만드는 기술은 없었고⋯⋯ 약장수가 좌판을 깔면 그 옆에서 묘기를 부리는 거야. 그 있잖아 왜, 재롱부리는 원숭이. 그런 걸 했다고. 쬐끄만 게 웃게 생겼다면서⋯⋯ 나? 나는 뭘 했냐고? 나는 일 안 했어! 그냥 형이 주는 용돈으로 노름이나 하면서 살았지. 완전히 기둥서방 그 자체였어. 뭐, 그래도 형은 항상 나를 믿었다? 우리 동생은 언젠가 큰일을 할 사람이야~ 하면서. 호호호—"

추이는 죽 그릇을 내려놓았다.

탁—

견술의 과거사에는 그다지 관심이 없다.

말만 들으면 우애 좋은 형 동생이 오랜 시간 만나지 못한 채 서로를 그리워하고 있다는 흔해빠진 내용이기 때문이다.

하지만 그러거나 말거나, 견술은 잔뜩 취한 채로 계속해서 자기 이야기를 한다.

"근데 말이야⋯⋯ 우리 형한테는 아내가 있었어. 어!? 너

방금 '형 외모가 못났으니까 그 여자도 못났겠지'라고 생각했지? 아니야! 그 여자는 예뻤어. 키도 크고 몸매도 좋고, 아무튼 이 일대에서 꽤 유명했다고. 이름이 반금련(潘金蓮)이라고……."

키 작고 못생기고 돈 없는 견랑에게는 아름다운 아내가 있었다.

"뭐, 형이 외모나 능력으로 꼬신 건 당연히 아니고. 그냥 부모님들끼리 친해서 태중혼약으로 둘을 맺어 주기로 약속했었다나 뭐라나…… 근데 결혼식 다음 해에 역병이 돌아서 양가 부모님들이 죄다 죽어 버렸지 뭐. 반금련, 그 여자만 짜증 나게 됐다 이거야. 일 년만 결혼을 미뤘으면 우리 형이랑 강제로 결혼할 일도 없었을 텐데 말이지."

그러자 객잔 주인이 견술의 잔에 술을 채워 주었다.

"그래도 형님분께서는 운이 좋았네요. 아리따운 배필도 얻었으니 말예요."

"운이 좋아? 글쎄…… 나는 잘 모르겠는데."

견술은 술을 퍼마시며 말을 계속했다.

"나는 말이야. 형이랑 형수가 결혼했을 때까지도 정신 못 차리고 계속 파락호로 지냈거든. 형님네 신혼집에 계속 얹혀 살았어."

"그건 좀 별로네요."

"많이 별로지, 솔직히. 그런데 말야……."

주인장을 쳐다보는 견술의 눈매가 가늘어졌다.

"어느 날 말이야. 형이 약장수랑 같이 일하러 나갔을 때 말이야. 나는 평소처럼 노름을 하러 나가는데…… 하, 그날따라 눈이 무지하게 내리는 거야. 거의 뭐 폭설이었지. 별안간 눈앞이 아무것도 안 보이데. 길 가던 중에 그리됐으니 뭐어쩌나. 갑자기 짜증이 확 나더라고?"

"그렇게 되면 노름이고 뭐고 하기 싫지요."

"맞아. 그래서 어쩔까 고민하다가 그냥 집에 돌아가기로 했거든."

"그래서, 집에 돌아가셨나요?"

"갔지. 괜히 갔지."

견술의 입은 웃고 있었지만 눈은 웃고 있지 않았다.

"집에 갔는데, 신발이 두 개더라고? 형님 신발도 아니고, 내 신발도 아니고, 크기로 봐서는 남자 신발인 것만은 분명한데 말이야. 거기에 아주 비싼 가죽신이었다는 말이지."

"어머, 어머, 어머."

객잔 주인은 입을 가린 채 슬픈 표정을 짓는다.

이미 이 이야기의 파국을 짐작한 모양이다.

아니나 다를까, 견술은 미간을 찡그린 채 말했다.

"뭔가 싶어서 집을 쭉 둘러봤어. 처음에는 도둑인가 싶었지. 그러다가 저 안쪽에 있는 형님네 방으로 갔는데……."

"갔는데요?"

"갑자기 방문이 벌컥 열리더니 웬 시커먼 복면인이 튀어나오는 거야."

"어머나!"

객잔 주인은 반응이 좋은 편이다.

대놓고 관심 없어 보이는 추이와는 달리, 그녀는 조마조마한 마음을 표정으로 드러내며 견술의 이야기를 경청했다.

"그 복면 쓴 새끼, 무공을 익힌 것 같더라고. 내 가슴팍을 대뜸 퍽 걷어차는데 와— 내가 그때까지만 해도 저잣거리에서는 누구랑 싸워서 진 적이 없었거든? 근데도 그 한 방에 사흘간 골병들어 누울 정도였다니까."

"그 복면인은 어떻게 됐는데요?"

"아, 좆빠지게 튀더라고. 거의 기다시피 해서 방문을 열어보니까 형수는 뭐 옷 단정하게 입고 잘 있는데…… 강도를 당했다는 사람이 이상하리만치 몸에 아무런 상처가 없어. 옷도 매무새를 새로 다듬은 듯 깨끗하고. 집에 뭐 없어진 것도 없었지. 애초에 없어질 만한 패물도 없는 집구석인데 뭔 놈의 강도겠어."

"불륜이네요. 그 복면인이 상간남이고요."

"누가 들어도 수상하지? 맞아. 산채에 있던 내 부하들 천 명도 다 똑같이 말하더라."

"어머나? 부하들이 천 명이나 있으세요? 대단하셔라~"

"뻥 아냐. 진짜야. 암튼, 그게 중요한 게 아니고~"

"그래요. 그렇다고 치자구요. 그래서, 그다음은요?"

"그래서, 몸이 다 낫고부터는 노름한다고 나간 뒤에 몰래 다시 돌아와서 잠복해 있었지. 맨날맨날."

"어머, 맨날맨날?"

"어. 맨날맨날. 그리고 잠복이 한 달쯤 이어졌을 때인가, 그때 비로소 형수의 상간남이 누군지 알게 되었지."

"누구였나요?"

"그놈이 서문경이었어. 서문세가에서 내쫓긴 화화공자 놈. 그 일대 파락호들의 대장."

"저런……!"

서문경이라는 이름을 들은 객잔 주인의 눈에 분노가 깃들었다.

견술은 피식 웃으며 벽에 등을 기댔다.

"그런데 그때는 뭐 어쩔 수가 없더라. 서문경, 그놈은 돈도 많고 힘도 세고 뒷배도 빵빵한 놈인걸."

"설마 아무것도 못 하셨어요?"

"에이— 아무리 그래도 손 놓고 있을 수는 없지. 형한테 다 일러바쳤어. 형수 바람났다고."

"그나마 다행이네요. 깔끔하게 갈라서면 되니까. 마음이야 좀 힘들겠지만……."

"근데 그게 그렇게 안 되더라."

"에? 왜요? 형수가 바람 핀 걸 말해 줬는데 왜?"

"아무래도 말이야. 형이 형수를 진짜 많이 사랑했었나 봐."

견술은 이해가 안 된다는 듯 머리를 긁적였다.

그러고는 혀를 차며 말을 이었다.

"형은 내 말을 못 믿더라고. 자기 아내가 그럴 리가 없다면서, 내가 뭔가를 착각했을 거라면서."

"그런 걸 어떻게 착각해요!?"

"맞아. 그래서 내가 말했어. 그러면 형이랑 나랑 잠복을 하자고. 서문경, 그 개새끼가 형수랑 붙어먹으러 오는 걸 두 눈으로 직접 똑똑히 보여 주겠다고. 그러면 내 말을 믿을 수 있겠냐고."

"그래서요? 그렇게 됐나요?"

"음. 며칠 정도 잠복을 하긴 했는데……."

견술의 표정이 확 썩었다.

그러고는 술잔의 술을 확 들이마셨다.

"형수가 생각보다 눈치가 빠르더라고."

"왜요? 잠복하는 걸 들켰어요?"

"들켰다 뿐이야? 완전히 역이용당했지."

"역이용당했다는 게 무슨 말이에요?"

"그러니까 말이야. 형수는 나랑 형이 집 뒤뜰 울타리 뒤에 숨어 있는 걸 알면서도 서문경을 불렀어."

"알면서도 상간남을 불렀다고요?"

"들어봐. 형수가 서문경을 불러서 뭘 했을 것 같아?"

"글쎄요…… 남편과 시동생이 숨어서 보고 있는 걸 아니까 허튼 짓은 안 했겠죠?"

"그치. 허튼 짓을 넘어서 사악한 짓을 한 거야."

"뭘요?"

"거기서 말이야. 형수가 서문경이를 불러다 놓고 그러더라. '시동생이 우리 사이를 모함하고 있다. 내가 당신을 부른 것은 고민 상담 때문이고, 그 고민이란 바로 시동생이 자기를 겁간했다는 사실이다.'"

"네에? 아니, 이거 완전……!"

"모함도 이런 모함이 없지. 반금련, 그년은 서문경한테 '시동생이 자신을 겁간했으니 형의 아내를 겁탈한 금수 새끼를 벌줘 달라'는 부탁을 한 거야. 굳이 관아가 아니라 서문경을 부른 것은 '자신의 낭군이 이 사실을 알면 충격을 받을까 봐'라나? 그래서 꼭 비밀리에 처리해야 한다며 펑펑 울고 아주 막 열녀 행세를 하는데……."

"그, 그래서 어떻게 됐는데요?"

"뭘 어떻게 돼. 좆됐지. 형은 나를 믿어야 할지, 형수를 믿어야 할지, 혼란스러워 하는 기색이었어."

"아니, 그래도 동생을 믿어야죠!"

"형한테는 형수도 사랑의 대상이었을 테니까. 그러니까 이거지, 형의 머리로는 '내가 형수를 겁간했다는 것'과 '형수가 다른 남자랑 바람을 피웠다는 것' 이 두 개를 아예 상상할 수가 없는 거야. 근데 둘 중 하나는 무조건 사실인 상황이잖아."

"그래서 어떻게 됐나요?"

주인장의 말에 견술은 한숨을 푹 쉬었다.

그리고 무겁게 입을 열었다.

"내가 맨 처음에 뭐라고 말했는지 기억나지? 나한테는 형이 '있다'가 아니라 '있었다'고."

"아……."

객잔 주인은 탄식했다.

견술은 술그릇을 집어 들었다.

"형은 나를 버렸어. 그날부로 집에서 나가 달라고 하더군."

"결국 모함에 넘어갔군요."

"어쩌겠어. 반금련, 그년의 머리가 나보다 좋았던 게지. 근데 말이야, 여기서 끝이 아니야."

견술은 피식 웃었다.

"형의 집에서 쫓겨나서 마을을 떠나는데…… 산길 어귀에서 웬 복면인 하나가 튀어나오더라고."

"호, 혹시?"

"맞아. 서문경이었어."

"왜 왔대요? 설마……."

"그 설마가 맞아. 자기를 불륜남이라고 모욕한 죗값을 치르라면서 칼을 빼 들더라."

"어, 어, 어떻게 됐나요?"

"뭘 어떻게 돼. 그때까지만 해도 나는 무공을 몰랐는데. 그냥 죽어라 튀었지. 어깨랑 등이랑 허리랑 허벅지랑, 완전 난도질이 됐는데도 꾸역꾸역 도망갔어. 마지막에는 완전 피투성이가 돼서 논두렁 아래의 수로로 굴렀거든."

"아이고…… 그놈이 안 쫓아오던가요?"

"죽은 줄 알았는지 그냥 가더라. 뭐, 살아 있다고 해도 날이 워낙 추운 데다가 또 인적 드문 곳이라서 곧 죽을 것이라 생각했겠지."

"그런데 어떻게 살아나셨어요?"

"음. 천운이었어. 마침 스승님이 그 근처를 지나가고 계셨거든. 그렇게 주워졌고, 길러졌고, 무공도 배웠고, 그래서 지금 이렇게 막 고향으로 돌아왔다 이거야."

이걸로 길었던 견술의 이야기는 끝이다.

"아무튼 뭐. 그렇게 형님한테 의절당한 뒤로 고향에 온 것은 처음이야. 그 뒤로는 소식조차 모르고 살았거든."

"형님은 어떻게 지내고 계실까요?"

"모르지 뭐. 계집 치마폭에 빠져서 동생까지 쫓아냈는데, 잘살고 있지 않을까? 아니, 잘살고 있어야 해. 그래도 내가 마지막에 반금련, 그년에게 '형을 배신하면 반드시 대가를

치르게 될 것이다'라고 엄포를 놓았으니 뭐…… 마음을 고쳐
먹지 않았을까? 그렇지 싶은데."

"한번 찾아가 보시는 게 어때요?"

"그래. 안 그래도 그럴 생각이었어. 지난 서운함은 다 잊
고, 그냥 뭐 하고 사나 한번 들여다보기만 하려고. 그런데 맨
정신으로는 그게 좀 힘들 것 같아서……."

말끝을 흐린 견술은 또다시 말술을 퍼먹기 시작했다.

그때, 추이가 말했다.

"네 이야기에는 관심 없으니 그 서문경이라는 놈에 대해서
나 더 말해 봐."

"아니 그놈한테 왜 그렇게 관심이 많아? 말했잖아. 내 형수
랑 붙어먹은 '옛 친구'라고. 썩 좋은 사이는 아니었…… 어?"

바로 그 순간. 견술의 눈이 번쩍 뜨였다.

객잔의 문이 열리며 한 사내가 안으로 들어온 것이다.

그는 익숙한 발걸음으로 걸어 들어왔고 안쪽은 쳐다보지
도 않은 채 벽을 마주 보고 앉았다.

그리고 그의 등을 뚫어져라 바라보는 견술.

이내, 견술의 입꼬리가 삐죽 휘어졌다.

"이게 누구야. '옛 친구'를 여기서 다 만나네."

반가움에 가득 찬 견술의 목소리가 목로주점의 흙 바른 벽
에 울려 퍼졌다.

"어이 하구(狗)야!"

그러자 앞에 있던 남자가 화들짝 놀라 고개를 돌린다.

툭 튀어나온 이마에 음울한 눈, 검은 피부에 작은 키를 가진 남자가 견술을 보고는 눈을 동그랗게 떴다.

"……견술?"

"오랜만이다 하구숙(何九叔)! 이 자식아!"

견술은 곧바로 하구숙에게 다가가 어깨동무를 걸었다.

그리고 추이와 객잔 주인을 돌아보며 삐뚜름하게 웃어 보였다.

"내 불알친구야. 어렸을 적부터 늘 붙어 다녔지. 그동안 어떻게 지냈냐 인마!"

"……."

하지만 하구숙의 표정은 밝지 않다.

그는 떨떠름한 표정으로 가만히 서 있을 뿐이었다.

견술이 다시 물었다.

"그러고 보니 너 우리 형이랑은 연락하냐? 잘 지낸대?"

"……."

하구숙은 여전히 말이 없다.

이윽고, 그는 손을 뻗어 견술의 손을 슬며시 밀어냈다.

"오랜만에 만났는데 이렇게 친한 듯 구니까 조금 부담스럽다."

"……뭐?"

견술이 눈을 동그랗게 떴다.

하지만 하구숙은 여전히 어색하게 웃고 있었다.

"솔직히 어렸을 때 조금 어울려 논 게 다잖아 우리. 지금 이렇게 막 친한 척할 만한 사이는 아니지 않나?"

"아니…… 야, 무슨 그런 섭섭한 소리를……."

"섭섭한 게 아니고, 술아. 우리가 보고 지낸 시간보다 못 보고 지낸 시간이 더 많은데. 애초에 너 어렸을 때 이사 가고 나서 한 번도 못 봤잖아. 그동안 뭐 하고 지냈는지는 모르겠는데, 뭐랄까. 이렇게 너무 가깝게 구니까 좀 당황스럽네."

하구숙은 작게 한숨을 쉬었다.

그러고는 새끼손가락을 뻗어 미간 사이를 긁었다.

"아무튼 뭐. 나도 오랜만에 봐서 반갑긴 하다."

"……."

"술 잘 마시고 가. 여기 술값 정도는 내가 지불해 놓을 테니까. 그럼 뭐, 또 언제 시간 나면 보자."

하구숙은 견술의 팔을 툭툭 쳤다.

그리고 옆에 있던 객잔 주인에게 주머니를 털어 동전 다섯 닢을 건네준 뒤 목로주점 밖으로 나가 버렸다.

"아휴, 어떻게. 너무 오랜만에 만나셨나 봐요."

객잔 주인은 견술을 안쓰러이 쳐다보고는 얼른 주방으로 들어가 버렸다.

"……."

견술은 탁자 앞에 우두커니 앉아서 무언가를 생각하는 것 같았다.

추이가 물었다.

"별로 안 친했나?"

"엄청 친했지."

"근데 왜 저래."

"나도 그 이유를 생각 중이야. 잠깐만."

견술은 화를 내지 않았다.

평소 성격 같았으면 벌써 개작두를 뽑아 들었을 테지만 말이다.

이윽고, 견술이 고개를 들어 추이에게 물었다.

"예쁜아. 아까 그 자식 말이야. 혹시 손가락으로 얼굴을 긁었니?"

"긁었지."

"어딜 긁었니?"

"미간. 눈썹 사이를 긁더군."

"혹시 몇 번째 손가락으로 긁었니?"

"……?"

추이는 고개를 갸웃했다.

그리고 입을 열었다.

"새끼손가락으로 긁었다."

"확실해?"

"그래."

"흠."

견술은 팔짱을 꼈다.

그러고는 추이에게 재차 물었다.

"보통 미간을 긁을 때 무슨 손가락으로 긁지?"

"별로 생각해 본 적 없는 일이군. 굳이 따지자면 검지?"

"근데 아까 그놈은 새끼손가락으로 긁었단 말이지. 왜일까?"

"그런 것에 의미가 있나?"

"의미가 있지."

추이의 반문을 들은 견술은 입꼬리를 삐뚜름하게 말아 올렸다.

"어릴 때 말이야. 나랑 저 녀석은 근처 밭에서 수박이나 참외 같은 걸 무지하게 서리했거든. 때로는 닭이나 개도 훔쳐다가 잡아먹고 그랬어."

"그런데?"

"그러다가 주인에게 들켜서 도망가다 보면 도주로가 나뉘거나 엇갈릴 때가 있잖아?"

견술의 눈이 반짝 빛났다.

"그럴 때면 지금은 일단 헤어지고, 나중에 밤이 되면 특정한 장소에서 집결하자는 신호를 보내곤 했어. 그게 바로 새끼손가락으로 미간을 긁는 거야."

말하자면 불알친구들 사이의 은밀한 신호라 이 말이다.

어두운 밤.

견술은 마을에서 멀찍이 떨어진 냇가를 찾았다.

"이거 하도 많이 변해서 뭐 길을 알아볼 수가 있어야지."

상전벽해(桑田碧海), 창해상전(滄海桑田), 묘창해지일속(渺滄海之一粟)이라.

헌 집은 헐리고 새 집들이 들어섰다.

참외밭, 수박밭이 있던 곳에는 번화한 상가들이 자리하고 있었다.

하지만 강줄기를 이루는 지형 자체는 변하지 않았기에, 견술은 기억을 더듬어 가며 길을 찾았다.

어둠이 내린 강둑 저편.

이윽고 주교(舟橋) 옆에 있는 허름한 집 하나가 보였다.

그것은 널빤지와 거적떼기, 폐그물을 둘러 만든 창고였는데 버려진 지 꽤 오래된 것 같았다.

"이야— 이게 아직도 있네? 진작에 썩어 문드러졌을 줄 알았는데. 예전에 여기서 훔친 닭 구워 먹고 막 그랬지."

견술은 놀랍다는 표정을 지으며 천막 안으로 들어갔다.

그러자.

"……왔냐?"

안쪽에서 한 사내가 촛불을 든 채 일어났다.

하구숙. 그가 견술을 바라보며 웃고 있었다.

"이 새끼, 견술! 너 진짜 오랜만이다!"

아까 목로주점에서와는 전혀 딴판인 모습.

둘은 서로를 얼싸안고서는 반가움을 나누었다.

이윽고, 하구숙은 진지한 표정으로 말했다.

"지금부터 여기 뒷길로 해서 우리 집으로 갈 거야. 소리 내지 말고 따라와."

아무래도 뭔가 사정이 있는 것 같다.

추이와 견술은 하구숙의 뒤를 조용히 따라갔다.

좁고 더러운 골목을 몇 바퀴나 빙글빙글 돌았을까, 그들은 허름한 창고처럼 되어 있는 하구숙의 집에 도착했다.

"호호호— 하구 이 새끼. 또 뭔 짓을 해서 이렇게 은밀하게 굴어? 노름하다가 돈 떼먹었냐?"

"내가 너냐?"

하구숙은 한심하다는 듯 견술을 바라보았다.

이윽고, 하구숙은 추이와 견술 앞에 술 한 병과 조촐한 마른안주를 내왔다.

"나 일해. 나름 성실하게 돈 벌고 있어, 인마."

"돈 버는데 이딴 게딱지 엎어 놓은 것 같은 집에서 살아?"

"너도 홀어머니 모시면서 결혼해 가지고 애 둘 낳고 키워 봐라. 돈 나갈 데 천지다. 허리가 휘어."

"그러니까 결혼을 왜 해 병신아."

"그래도 인마, 애들 보면 힘든 게 싹 가신다."

"그럼 결혼 안 하고 애만 낳으면 되잖아 머저리야."

"그 생각은 못 했어 이 씨팔련아."

오랜만에 만난 친구들끼리 얼굴을 마주 보며 낄낄거린다.

견술은 술을 마시며 물었다.

"어머니랑 제수씨는? 애들은 어딨어?"

"저쪽 방에서 다 같이 자. 친구 온다고 했거든. 너는 오늘 여기서 자라."

방 두 칸짜리 작은 집인지라 이 정도면 엄청나게 융숭한 대접이다.

견술은 술잔을 빙글빙글 돌리며 물었다.

"근데 무슨 일 하니? 어차피 변변찮은 일이겠지만. 호호 호—"

"장의사 해."

"오? 의외로 정상적인 일 하네? 근데 왜 아까는 암호까지 써 가면서 쌩깠니?"

"……"

밝은 질문이었는데 돌아오는 대답은 어둡다.

하구숙의 표정이 갑자기 침울해진다.

가뜩이나 우울한 눈매여서 그런가 분위기가 삽시간에 무거워졌다.

"……너. 형 소식 못 들었냐?"

"뭐? 우리 형? 못 들었으니까 아까 물어봤지. 지금 막 돌아온 참인데. 왜?"

견술이 술잔을 빙글빙글 돌리며 물었다.

그러자 한참의 침묵 후, 하구숙이 입을 열었다.

"내가 염해 드렸다. 너희 형."

견술은 하구숙을 쳐다보지도 않은 채 바로 대꾸했다.

"염은 씨발, 염병하고 있네. 패륜 농담은 안 받아 준다 인마."

"내가 발인까지 다 모셨어."

"뭐라는 거야, 이 새끼가 근데?"

"돌아가셨다고. 너희 형."

"……?"

하구숙의 말에 견술이 표정을 와락 구겼다.

"뭔 소리야?"

"네 형수…… 바람난 거 알지?"

"……!"

견술의 표정이 딱딱하게 굳었다.

모를 리가 없다.

애초에 견술이 마을을 뜨게 된 것이 바로 그 때문이니까.

하구숙은 시선을 내리깐 채 말을 이어 나갔다.

"너 나가고 나서…… 형님이 그 광경을 직접 보셨나 봐. 과일가게 하는 운씨 아저씨한테 들었는데, 그날 하루 종일

우셨다더라. 동생한테 큰 죄를 지었다고……."

"……."

"그래서 널 찾겠다고 형님께서 이 일대를 이 잡듯이 뒤졌어."

하지만 때는 이미 늦은 뒤였을 것이다.

견술은 칼에 찔려 죽어 가는 상태에서 공제환의 손에 거둬져 장강으로 갔으니까.

하구숙은 독한 화주를 한 잔 들이켰다.

"그런데 형님께서 너를 찾는다면 더 큰일이 날 것 같았는지…… 네 형수가……."

"형수가 뭐? 형이 왜 죽었는데 그래서?"

"네 형님은 아무래도 형수한테 독살을 당하신 것 같다."

"……!"

견술의 몸이 굳었다.

그냥 죽은 것과 독살을 당한 것은 천지 차이다.

견술의 손가락 끝이 가늘게 떨리고 있었다.

하구숙이 별안간 자리에서 일어났다.

그리고 뒤에 있는 서랍장에서 무언가를 꺼내 들었다.

덜그럭- 탁!

탁자 위에 올라온 것은 먼지 쌓인 천 주머니, 그리고 한지에 둘둘 싸인 무언가였다.

"반금련. 그 여자랑 서문경. 둘이 오더니 관아에 제출할 사망사유서를 '병사(病死)'로 적어 달라고 하더군. 이건 그때 받은 사례금이야. 한 푼도 안 쓰고 그대로 뒀어. 혹시 증거가 될지 몰라서."

하구숙이 올려놓은 천 주머니 속에는 큼지막한 은원보들이 가득 들어 있었다.

생활고에 쪼들리는 와중에도 한 푼도 꺼내 쓰지 않은 듯, 주머니 위에는 먼지가 가득 쌓여 있는 것이 보인다.

이윽고, 하구숙은 옆에 있던 종이쪼가리도 풀었다.

그 안에는 불타고 남은 뼛조각 몇 개가 놓여 있었다.

타다 만 부위는 검은색이었지만 타지 않은 부위는 검푸른 빛을 띠고 있는 뼛조각.

하구숙이 말했다.

"처음 형님의 시신을 보자마자 바로 알았어. 낯빛이 가지 색이었거든. 비상을 먹고 죽은 사람의 얼굴색이 그래. 그런 사람은 시신을 화장했을 때 나오는 뼛조각도 검푸른 색깔로 변해 있는 법이야."

견술의 시선이 파르르 떨렸다.

그는 탁자 위에 놓은 형, 견랑의 뼛조각을 뚫어져라 바라보고 있었다.

하구숙은 한숨을 쉬었다.

"내가 이것들을 가지고 있어서 처음 너를 봤을 때 조심했었던 거야. 우리가 만났다는 사실이 서문경, 그 미친놈의 귀에 들어갔다가는 어떻게 될지 모르니까."

"……."

견술은 조용히 화주를 들이켰다.

"……."

"……."

추이도, 하구숙도 말이 없다.

일렁거리는 촛불 빛 앞에 세 사람의 그림자가 말없이 흔들리고 있었다.

이윽고. 견술이 입을 열었다.

"형은 키가 작았어."

그의 목소리는 침착했고.

"얼굴도 엄청나게 못생겼었지."

한 치의 떨림도 없었다.

"그런데 말이야. 그건 다 나 때문이야."

견술이 고개를 들었다.

"부모님이 역병으로 돌아가시고 난 뒤, 형은 뼈가 부서져라 일해서 나를 키웠어. 자기가 먹을 것, 자기가 입을 것, 몽땅 다 나에게 양보했지. 그래서 형은 키가 작았고 얼굴이 삭았던 거야."

그의 눈에서는 뜨거운 열기가 이글거리고 있었다.

"내 형이었어. 내 형님이었어. 나를 쫓아내는 그 순간까지도 피눈물을 흘리던 내 형이었다고."

추이와 하구숙은 입을 다문 채 아무런 말도 할 수 없었다.

견술이 탁자 위를 손가락으로 긁었다.

나무로 된 탁자가 깊게 패이며 손가락이 긁고 간 자국이 남았다.

"비록 나와 의절했지만, 그것은 나를 사랑하지 않았기 때문이 아니야. 그 여자를 그만큼 사랑했기 때문인 거야. 나는 그런 형님을 이해하려고 노력했어. 노력하고, 또 노력했어. 그런데……."

견술이 고개를 떨궜다.

그때, 말없이 듣고 있던 하구숙이 자리에서 한 번 더 일어났다.

"술아. 네 형이 남긴 편지가 있어. 볼래?"

"……?"

견술이 고개를 들었다.

하구숙은 서랍 속에서 무언가를 꺼내 들었다.

그것은 작게 찢어져 있는 벽지였다.

"염을 하려고 형님의 시체를 들었는데, 침대 아래쪽 벽에 쓰여 있더라. 누가 볼까 싶어서 얼른 찢어 내서 가지고 있었어."

하구숙이 견술의 앞에 벽지 조각을 내려놓았다.

그곳에는 삐뚤빼뚤, 피로 쓰인 글씨가 보였다.

미안하다 술아

그것을 본 순간.

주륵―

견술의 눈 밑으로 무언가가 흘렀다.

그것은 눈물 같은 것이 아니었다.

꿀처럼 끈적하게 늘어지는 피.

그것이 견술의 눈 밑으로 질질 흘러내리고 있었다.

바로 그 순간.

…콰쾅!

집의 대문이 있는 곳에서 요란한 소리가 들려왔다.

건넛방 하나에 몰려서 자고 있던 홀어머니와 아내가 깜짝
놀라 일어났고 아이 둘도 울기 시작했다.

"뭐, 뭐야?"

하구숙이 깜짝 놀라 일어났다.

그러자.

"네 이놈― 하구야! 돈 안 갚냐!"

"이자가 원금을 넘은 지 한참 됐다!"

"계속 이렇게 안 갚으면 니 마누라랑 애새끼들 확 끌고 간
다!?"

대문 쪽에서 낄낄거리는 목소리들이 들려왔다.

"아이고! 저 왈패들이 여기까지……!?"

하구숙은 창백하게 질린 낮으로 뛰쳐나갔다.

그러자 이내, 하구숙의 집 안까지 들어와 행패를 부리는 이들의 얼굴이 보였다.

"어험- 이놈! 이 몰모대충 우이가 무섭지도 않으냐!"

민머리에 전신 호랑이 문신, 모든 이빨을 금으로 갈아 끼운 파락호 하나가 부하들을 데리고 와 으름장을 놓고 있었다.

"내 서문경 형님을 대신하여 너 같은 악덕 채무자를 벌하리라!"

익숙한 이름을 팔아 가면서 말이다.

꿃

몰모대충 우이.

그는 형인 우일의 눈치를 보고 있었다.

우일은 우이보다도 머리 하나가 더 큰 거한으로, 이 일대에서는 힘으로 당할 자가 없다고 소문난 역사(力士)였다.

지난 구 년간 고을 부윤이 주최하는 씨름대회에 나가서 상으로 타 온 황소만 해도 아홉 마리나 되니 말 다 한 셈.

그런 우일과 우이 형제가 장의사 하구숙의 집 앞에서 큰소리로 고함을 치고 있는 것이다.

"하가 이놈아! 썩 나와라!"

"당장 빚 안 갚으면 마누라랑 딸년 둘은 당연하고 네놈 홀

어미까지 끌어다가 창관에 팔아 버리겠다!"

사실 원래 우일과 우이가 이런 외진 곳까지 와서 푼돈이나 수금할 짬밥은 아니었다.

하지만 어쩔 수 없는 일이다.

최근 패거리의 두목이었던 서문경이 은퇴를 선언하면서 퇴직금을 두둑이 챙겨 갔기에 조직 내에 자금이 씨가 말랐다.

그러니 아쉬운 대로 이런 푼돈들이나마 긁어모아서 빈 곳간을 채워야 할 수밖에.

"어휴, 서문 형님도 참. 이렇게 갑작스럽게 은퇴하실 건 또 뭐람."

"큰물에서 놀러 가시는 것이니 기쁜 마음으로 보내 드려야지. 등천학관의 교관 자리가 어디 쉽냐?"

"근데 형님. 등천학관 교관이라고 해서 다 같은 게 아니랍디다. 서문 형님께서는 비전임(非專任) 교관직으로 가신다는디요? 최근에 어떤 전임 교관이 해임됐다는데 그 공석을 채우려고 임시직을 많이 뽑는 거라고…… 그 누구였지? 비무기? 아니 비무극이랬던가? 하여간 그 사람이 죽어서요."

"흠. 그러니까, 말하자면 정식 교관의 보좌직이라는 말이지? 그래도 그게 어디냐. 무려 무림맹 직속 산하의 등천학관 아니냐. 우리들 같은 뒷골목 출신들에게는 꿈의 자리다."

우일과 우이는 서문경의 처지가 부러운 듯 중얼거렸다.

그래서일까? 지금 눈앞에서 푼돈이나 수금하고 있는 자신들의 처지가 더더욱 가엾고 처량하게 느껴진다.

자연스럽게 장의사 하구숙을 부르는 목소리에 힘이 들어갈 수밖에 없는 것이다.

"어따- 하가 놈아! 안 나오면 집에다가 칵 불을 지르겠다! 빨리 나왓!"

우이가 패악질을 부리자 곧 안에서 반응이 왔다.

장의사 하구숙. 그가 얼굴이 하얗게 질린 채 뛰쳐나온 것이다.

"아이고, 나으리들! 어찌 이런 누추한 곳까지 오셨습니까요!"

"그래. 감히 우리를 이 누추한 곳까지 오게 만든 네놈의 죄를 알렸다?"

우이가 성큼성큼 다가오더니 대뜸 하구숙의 뺨을 후려갈겼다.

쩌-억!

하구숙이 옆으로 팩 날아가 구른다.

입안이 터졌는지 입술 밖으로 피가 철철 흘러나오고 있었다.

우이가 그 앞에 짝다리를 짚고 섰다.

"자, 한 대 맞았으니 정신 차렸겠지? 얼른 빚 갚아라."

"아이고 나으리들. 제가 돈을 빌린 적이 없는데 어찌……."

"자릿세가 밀리면 그게 빚이야, 용석아."

나이가 열 살은 어려 보이는 우이가 하구숙의 머리를 쓰다듬는다.

옆에 있던 십수 명의 파락호들이 낄낄 웃었다.

"자릿세에도 이자가 붙는다. 알지?"

"못 내겠으면 말해. 니 마누라 데려다가 홍등가에 팔면 열 달 치 자릿세는 나올걸?"

"네 딸들도 있잖아. 그것도 둘이나. 아직 어리긴 해도 꽤 쏠쏠하게 받을 수 있어."

"뭣하면 말해. 나는 느그 어미도 괜찮아. 섬에다가 갖다 팔면 한 달 치 자릿세는 나올 것이다."

그 말에 하구숙은 눈을 질끈 감고는 머리를 조아렸다.

"오늘만 넘어가 주십시오 나으리들. 제가 반드시 돈을 마련해 보겠습니다. 어떻게 해서든요."

"장의사가 뭘 어떻게 돈을 마련하겠다는 거지? 사람이라도 죽이게? 그럼 여기서 우리 죽이면 되겠네. 그럼 그게 산 지직송 아니야?"

우일의 농담에 파락호들이 왁자한 웃음을 터트렸다.

우이가 하구숙의 머리채를 휘어잡고 들어 올렸다.

"됐으니까 빨리 딸들 나오라 그래. 오늘은 딸 한 명만 받아 갈게. 너 생각해서 둘 중 덜 이쁜 애로."

"아이고 나으리들. 제발, 제발…… 아직 아홉 살, 열 살밖에 안 된 애들입니다. 제발······."

"아홉 살이면 딱이네. 나는 그 나이대 애들이 좋더라고."

우이가 히죽 웃는다.

"장인어른. 빨리 딸들 데려오세요. 안 그러면 확 혓바닥 뽑아 버립니다?"

"아이고······ 아이고······."

"거 누가 장의사 아니랄까 봐, 혓바닥을 뽑으랬더니 곡소리가 뽑히고 있네. 으하하하―"

우이의 으름장을 들은 우일 역시도 뒤에서 낄낄 웃고 있었다.

바로 그때.

"호호호―"

방 너머에서 이질적인 목소리 하나가 들려왔다.

"호호호호호―"

어둠 속에서 한 사내가 유령처럼 흐느적흐느적 걸어 나오고 있었다.

순간.

멈칫―

우이의 표정이 변했다.

"어엇!? 혀, 형님! 저놈입니다! 낮에 절 때린 놈이······!"

"······?"

우일이 의아하다는 듯한 표정으로 고개를 들었다.

견술. 그가 웃는 낯으로 이쪽을 바라보고 있는 것이 보인다.

눈 밑에는 진한 혈선이 세로로 그어져 있는 채였다.

"잘들 왔어. 너네, 서문경이랑 알고 지내니?"

"뭐야? 서문 형님이랑 무슨 사이냐?"

우일이 미간을 찌푸렸다.

괜히 윗 족보에 있는 사람이랑 얽히면 일이 귀찮아질 수도 있기 때문이다.

하지만 뒤이어지는 견술의 말에 우일은 안도했다.

"무관계야."

"난 또 뭐라고. 별것도 아닌 새끼가 사람 쫄게 만드네. 야, 너도 이리 좀 와 봐라. 하가 놈 친구면 빚도 나눠 갚을 수 있겠지?"

하지만 우일의 손가락질에도 견술은 덤덤하다.

문득, 견술이 고개를 돌려 바닥에 엎드려 있던 하구숙을 돌아보았다.

"야, 구숙아. 너 장의사랬지?"

"어? 어어……."

하구숙이 황망한 표정으로 고개를 끄덕이자 견술의 질문이 재차 이어졌다.

"너 초상 한 건당 얼마나 받냐?"

"어?"

"얼마 버냐고. 관짝이랑, 염값이랑, 향값이랑 다 해서."

"그…… 정도면, 은자 한 냥은 받지?"

하구숙이 고개를 끄덕이며 대답했다.

그러자, 견술이 생글생글 웃는 낯으로 말했다.

"보자. 한 냥, 두 냥, 세 냥, 네 냥, 다섯 냥, 여섯 냥, 일곱 냥, 여덟 냥, 아홉 냥, 열 냥, 열한 냥, 열두 냥, 열세 냥, 열 다섯 냥……."

견술은 손가락을 들어 눈앞에 있는 우일 우이 형제를 비롯한 파락호들을 하나하나 가리켰다.

그러고는 말을 이었다.

"일단 은자 서른 냥 들어간다. 준비해 둬."

"……?"

하구숙이 고개를 갸웃하는 순간.

쩌-억!

견술의 손바닥이 날았다.

앞에서 콧김을 씩씩 뿜어내고 있던 우이의 고개가 팩 돌아가는가 싶더니.

…우드드드드드드드드득! 뿌지끈!

그 자리에서 열 바퀴 정도 고속으로 회전하다가 목이 양어깨 사이에서 뽑혀 나왔다.

푸화아아아아악!

엄청난 양의 피분수가 일어 방 전체를 붉게 물들였다.

"……?"

"……?"

"……?"

우일을 비롯한 파락호들은 방금 전 일어난 상황을 아직 인지하지 못했다.

그들 입장에서는 눈을 한 번 끔뻑였을 뿐인데 별안간 시야가 온통 빨갛게 변해 버렸을 뿐이다.

하지만 견술은 그들이 상황을 이해하도록 내버려두지 않았다.

"몸이 너무 뜨거워서."

견술이 손을 뻗어 옆에 있던 파락호 하나의 얼굴을 붙잡았다.

"뭐로든 좀 식혀야겠는데."

손을 말아 쥔 견술의 악력에 의해 파락호의 얼굴 가죽이 통째로 뜯겨 나갔다.

뿌지지지직! 촤아아악!

두개골이 부서지며 그 안의 피와 뇌수들이 터져 나와 견술의 몸에 끼얹어졌다.

쉬이이이이이이이이익……

벌겋게 달아오른 견술의 몸에 끼얹어진 피들이 순식간에 부글부글 끓어오르는가 싶더니 이내 붉은 증기로 변해 흩어졌다.

"······! ······! ······!"

그제야 파락호들의 눈이 부릅뜨였다.

"뭐, 뭐야 이 새끼!?"

"연장 꺼내! 조져!"

"으아아아아아!"

칼을 뽑아 든 파락호들이 냅다 견술을 향해 달려들었다.

하지만 견술은 개작두를 뽑지 않았다.

뻐—억!

일직선으로 뻗어 나간 주먹이 앞에 있던 두 놈의 안면을 뚫고 들어가 뒤통수까지 터트려 버렸다.

두부처럼 부서지는 살덩이, 모래알처럼 흩어지는 두개골.

"답답하다. 이리들 좀 가까이 와 봐."

피범벅이 된 채 웃고 있는 견술의 눈빛이 어둠 속에서도 똑똑히 보인다.

파락호들은 얼어붙은 채 꼼짝도 하지 못했다.

"······. ······. ······."

압도적인 힘. 그리고 공포.

지금까지 뒷골목 흙탕물 좁은 세상에서 활개치고 다니던 미꾸라지들이 '진짜'를 만났다.

드넓은 장강 전체를 휘젓고 다니던 거대한 사어(沙魚)를 말이다.

"안 와?"

견술이 두 팔을 쫘악 벌렸다.

"그럼 내가 가고."

그러고는 눈앞의 파락호들을 덮치듯 뛰어올랐다.

짜—각!

손바닥 당수가 사람 머리 위로 떨어져 내렸는데 마치 도끼로 장작을 패 쪼개는 듯한 소리가 났다.

견술이 손날을 위에서 아래로 내리긋자 파락호 하나의 몸이 두 조각으로 찢어졌다.

"으, 으아아아아아아!"

우일이 소리 질렀다.

정수리가 천장에 닿을 정도로 커다란 거구의 장한이 온 힘을 다해 돌진했다.

…쾅!

우일의 주먹이 견술의 얼굴에 때려박혔다.

하지만.

"뭐야. 이게 친 거야?"

견술은 눈조차도 감지 않고 그대로 우일의 주먹을 맞았다.

오히려 견술의 이마를 때린 우일의 주먹 모양이 이상해졌다.

"끄아아아악!?"

우일은 산산조각으로 부러진 손가락뼈를 보며 비명을 질

렀다.

꽉―

견술은 우일의 부러진 새끼손가락을 붙잡았고.

뿌드드득!

그것을 그대로 뽑아 버렸다.

가죽이 찢어지고 뼛조각과 선혈이 낭자하다.

"으아! 으아아아! 사, 살려 주십쇼! 살려 주십쇼 대인!"

우일은 피바다가 된 바닥에 납작 엎드려 빌기 시작했다.

다른 파락호들 역시도 우일을 따라 납작 엎드렸다.

견술은 나가는 문을 가로막은 채 말했다.

"동생이 죽었는데, 살려 달라?"

"제, 제발요. 제발 목숨만은……."

"아하, 안 되지. 동생의 원수라고 죽을 각오로 덤볐다면 조금 편하게 죽여 주기라도 했겠지만…… 동생 죽인 놈에게 살려 달라며 비는 놈은 오기로라도 더 고통스럽게 죽일 거야. 호호호―"

"이, 이 새끼이이이!"

이 고을의 금강역사로 불리는 우일이 온 힘을 다해 견술을 어깨로 들이받았지만.

퍼―억!

견술은 조금도 밀려나지 않았다.

쩌―억!

견술은 발을 높게 들어 올렸고 그대로 우일의 발등을 밟았다.

우일의 발등은 마치 전력으로 휘둘러진 망치에 찍힌 만두처럼 터져 버렸다.

"끄어어어어어! 제, 제발! 제발! 이 새끼야아아아아!"

우일은 형체도 없이 날아가 버린 발을 붙잡고 바닥을 데굴데굴 구른다.

견술은 우일의 손가락을 잡고.

…뿌득! …뿌득! …뿌득! 뿌지지지직!

우일의 손 전체를 마른오징어 찢듯 세로로 쭉쭉 찢어 냈다.

"히이이이이익! 악귀다! 귀신이야!"

살아남은 파락호 몇몇이 집 밖으로 뛰쳐나가려 했지만.

퍽- 퍽- 퍽-

문 바로 옆에서 튀어나오는 송곳에 맞아 일순간에 절명했다.

어느새 바깥에 서 있던 추이가 송곳에 묻은 핏물을 천으로 닦고 있었다.

"다 죽이지는 마라. 물어볼 게 있잖나."

웬일로 추이가 견술의 일에 호의적이다.

하지만 견술은 그런 점에 이상함을 느낄 여유도 없었다.

"그래 맞아. 물어볼 게 있었지 참."

견술의 눈이 더더욱 진하게 충혈되었다.

이윽고, 견술이 우일의 앞에 쭈그리고 앉았다.

아까 전에 우일이 하구숙의 앞에 쭈그리고 앉았던 것과 똑같은 구조였다.

"으으…… 으으으으…… 말할게. 말할게요. 말할 테니…… 제발 죽여 줘…… 제발 그만……."

아까까지만 해도 살려 달라던 우일은 이제 죽여 달라고 흐느낀다.

견술의 표정이 이제야 비로소 가라앉았다.

"서문경 어딨니?"

"도, 동쪽! 동쪽 거리의 원앙루(鴛鴦樓) 꼭대기에 있어요! 지금 은퇴 기념으로 송별회 하고 있을 거야! 고위 간부들만 따로 모여서!"

"알겠다. 그럼 이만 죽어라."

"고맙습니다! 고맙……!"

어찌나 아팠으면 죽인다는데 감사 인사를 할까.

우일의 최후는 그만큼 처참했다.

견술은 손바닥을 들어 올렸다.

…퍽!

그리고 마치 벌레를 죽이듯 내리쳐 우일의 골통을 부숴 버렸다.

"……."

"……."

집 안에 어색한 침묵이 감돌았다.

슬그머니 고개를 든 견술과 추이의 눈이 마주친다.

"이야, 결국 이렇게 되네. 이게 뭐 천살성? 그 옆에 있어서 팔자가 옳은 건가?"

"내 핑계 대지 마라. 너의 선택이었다."

"차갑긴."

견술은 추이를 보며 낄낄 웃는다.

이윽고, 그는 자리를 털고 일어났다.

그리고 벽에 기대어 멍한 표정을 짓고 있는 하구숙에게 말했다.

"앞으로 이 새끼들한테 돈 줄 필요 없고, 저 주머니 속의 은자로 일단 새 집부터 구해."

"어, 어? 그, 그래도 그건 관아에 증거로 제출해야……."

"어차피 법대로 안 할 거야. 마음만 받을게. 친구야."

견술은 피 묻은 손으로 하구숙의 어깨를 탁탁 쳤다.

그리고 문득 생각났다는 듯 물었다.

"아, 근데. 원앙루인지 뭔지, 거기에 몇 마리나 모여 있으려나? 서문경 말고도."

"그, 글쎄. 서방파(西方派) 조직원들의 수가 엄청 많아서…… 아마 한 백 명은 있지 않을까?"

하구숙은 내심 견술이 생각하고 있는 바를 단념하기를 바랐다.

뭘 생각하고 있는 것인지는 몰라도 말이다.

"저기 술아…… 거기는 가급적이면 가지 말아. 쪽수도 많고, 무엇보다 거기 있는 놈들은 다 무공을 익혔어. 절대, 절대 만만한 놈들이 아니야. 너도 어디서 무공을 배워 온 모양인데…… 거기 놈들은 진짜배기 무림인이라고! 방금 네가 죽인 놈들과는 급이 달라!"

오랜만에 본 친구를 잃고 싶지 않은 마음이 절실히 느껴진다.

하지만 견술은 그저 피식 웃을 뿐이다.

"얌마."

"으응?"

"백 명이랬냐?"

"으, 으응."

견술은 손을 뻗어서 하구숙의 어깨를 툭 쳤다.

그러고는 짧은 한마디만을 남긴 채 집 밖의 어둠 속으로 사라져 버렸다.

"관짝. 은자 백 냥 어치 준비해 둬."

한밤중의 피비린내는 이제 막 풍기기 시작했다.

오늘은 밤도 길 것이다.

서방파 조직원 일백 명이 기루 최상층에 모여 연회를 벌인다.

전 두목인 서문경의 은퇴와 동시에 새로운 두목인 배여해의 취임을 축하하는 자리였다.

날이 날이니만큼 오늘 원앙루는 일반 손님을 받지 않는다.

서방파의 새 두목인 배여해가 사람이 북적거리는 것을 좋아하지 않았기 때문에 누각 안에는 꼭 필요한 인원을 제외한 모든 종업원들도 퇴근한 상태였다.

"취임을 축하드립니다, 두목."

십수 명의 간부들이 고개를 숙인다.

하나같이 태양혈이 불룩 튀어나와 있는 무인들이었다.

배여해는 고개를 끄덕여 그들의 인사를 받았다.

"축하는 무슨. 서문 형님께 드릴 퇴직금부터 마련한 다음이 진짜지."

그는 서방파의 두목 자리에 취임하는 것에 무거운 대가가 따른다는 사실을 잘 알고 있었다.

가령 전임 두목의 퇴직금을 마련해 주어야 한다거나 하는 일 말이다.

"요즘 식구들 사이에 현금이 안 돈다. 아주 골치가 아파."

전 두목인 서문경에게 챙겨 줘야 할 액수를 생각하면 벌써부터 머리가 지끈거린다.

배여해의 말을 들은 부하들 중 하나가 인상을 찡그렸다.

"형님. 퇴직금의 액수가 조금 많지 않습니까? 어차피 조직을 떠나실 분에게 굳이……."

"뭣도 모르는 소리 마라."

배여해가 손사래를 쳤다.

"서문 형님이 힘이 없어서 떠나시는 게 아니잖느냐. 마음만 먹으면 우리들 일백쯤은 하루아침에도 몰살시킬 수 있는 사람이다."

"서문 형님이 그렇게나 강하십니까? 저는 형님과 크게 차이 나지 않을 줄 알았습니다."

"나는 서문 형님의 일초지적(一招之敵)도 되지 못한다."

"……!"

배여해의 말을 들은 모든 조직원들이 눈을 크게 떴다.

하지만 배여해는 아무렇지도 않은 기색이었다.

"내가 보기엔 서문 형님의 무위는 이미 화경에 닿으신 듯싶다. 무림맹에 가신다면 장로 자리쯤은 너끈히 꿰차실 수 있는 걸물이야."

"그, 그렇다는 것은……."

"그래. 서문 형님이 비록 시작은 말단 교관 자리로 가시지만, 언젠가는 그 안에서 교관, 교두, 학장까지 올라가실 분이다. 미리 잘 보여 둬서 나쁠 것은 없어. 혹시 아나? 우리가 등천학관에 뭐 물건이라도 납품하게 될지도."

배여해의 말에 간부들의 표정이 밝아졌다.

등천학관.

중원의 중심에 있는, 명실공히 정도를 대표하는 최고의 교육기관이자 무수한 영웅들을 배출해 낸 굴지의 후기지수 양성소이다.

개설된 이래 지금까지 여덟 명의 무림맹주, 현재 생존하고 있는 백팔십팔 명의 억만장자, 백육십일 명의 가주와 문주를 배출하기도 했다.

높은 담장으로 둘러싸여 있는 거대한 부지 안에는 수많은 건물들과 강, 다리, 연무장 등이 자리하고 있고 그 안에서 일하는 사람들은 오천 명의 학생들과 천팔백 명의 교직원들을 제외해도 일만 명이나 될 정도이다.

"후후후…… 우리 같은 뒷골목 파락호들 중에서 그 속에 몸담을 수 있는 자가 나왔다는 것이 얼마나 대단하냐? 이제 우리는 그 줄만 단단히 붙잡고 있으면 된다."

배여해는 간부들의 술잔이 꽉 차 있는 것을 보며 자신의 잔을 들어 올렸다.

"자, 서문 형님이 등천학관에서 출세하시기를 바라며! 그래서 우리를 이끌어 주시기를 바라며! 건배!"

잔들이 비워졌다.

부하 하나가 입으로 술을 털어 넣은 뒤 껄껄 웃었다.

"이 경사스러운 자리에 서문 형님께서 계셨다면 얼마나 좋을까요?"

"아쉬운 일이지. 아마 집이나 땅 같은 것들을 처리하셔야 해서 바쁘실 것이다. 또 여자도 워낙 많으셨던 분이잖냐. 그쪽도 정리할 것이 많으시겠지. 그러니 이 차는 우리들끼리만 즐겨 보자고."

배여해의 말에 부하들 역시도 고개를 끄덕였다.

바로 그때.

"형님."

입구에 서 있었던 경비 하나가 와서 간부의 귀에 대고 무언가를 속삭였다.

이윽고, 간부가 배여해를 향해 말했다.

"두목. 밖에 날파리들이 꼬인 모양입니다."

"날파리?"

"예. 돈을 빌려 놓고 안 갚는 악질 채무자들인데, 이자가 너무 과하다고 여기까지 찾아왔습니다. 지금 기루 앞에서 울며불며 엎드려 비는데…… 어찌할까요?"

간부의 눈빛은 형형하다.

배여해가 명령만 내리면 곧바로 뛰쳐나가서 칼을 휘두를 모양새다.

하지만 배여해는 그저 느긋하게 웃을 뿐이다.

"하여간 아랫것들이란…… 현금이 필요해서 수금을 조금

빡세게 했더니 바로 이런 반발이 나오는군. 다 예상했던 일이지."

"일벌백계로 다스릴까요? 바로 두들겨 패서 내쫓겠습니다."

"아니야, 아니야. 약자의 눈물만큼 감미로운 안주가 또 어디 있겠나. 일단 들여보내 봐."

"예, 형님."

간부들의 얼굴에도 비릿한 미소가 떠오른다.

이윽고, 서방파 조직원들이 기루 밖에서 읍소하고 있던 빚쟁이들을 데려왔다.

그 수는 약 열 명 정도였다.

"다 아는 얼굴들이구만."

배여해는 무리들 중 제일 앞에 서 있는 젊은 여인을 보며 휘파람을 불었다.

"맨 앞에는 건넛길 목로주점의 여주인인가? 맞지? 그래, 내가 저 미모를 잊어버릴 리가 없지. 언제 봐도 예쁘다니까."

"……."

객잔 주인 옥란(玉蘭). 그녀는 배여해를 보며 말했다.

"안녕하세요, 배 총관님."

"총관이라니? 이제는 두목이요. 오늘이 바로 내 취임식 날이지."

"그랬군요. 몰라뵈었습니다. 취임 축하드립니다 두목님."

"그래. 한 번은 실수할 수도 있지. 앞으로 잘하면 되는 거야. 그래, 하고 싶은 말이 있다고?"

"예."

옥란은 주눅 들어 있는 채무자들의 앞으로 나와서 말을 이었다.

"자릿세에 관련해서 한 말씀 올리고자 합니다."

"요점만 빠르게 부탁하지."

"네. 그럼 요점만 말하겠습니다. 자릿세를 내고 나면 딱저 하나 먹고살 만큼의 돈이 남습니다. 그럼에도 불구하고저는 늘 자릿세를 꼬박꼬박 내 왔어요. 그런데 당장 자릿세를 두 배로 올려 달라니…… 그건 너무 가혹한 처사입니다."

"뭐가 가혹한 처사인가? 물가가 매년 오르는데 자릿세는늘 그대로였잖아. 지난 오 년간 한 번도 올려 본 적이 없지.더군다나, 자릿세를 못 내면 우리가 어느 정도는 무보증으로빌려주겠다고도 했잖아. 이 이상 어떻게 더 친절을 베풀 수있겠나?"

"이 객잔은 제 것입니다. 나라에 세금을 이미 내고 있는데왜 서방파에 따로 자릿세를 내야 하나요?"

"그것은 아주 근본적인 질문이군. 물론 자릿세라는 개념때문에 혼란스러울 수 있어. 그러니 내가 이번 기회에 짚어주도록 하겠네. 정확히는 말이야, 자릿세가 아니라 보호비의개념이야. 우리가 네 객잔을 지켜 주는 대가지."

"누구로부터요?"

"누구로부터든. 가령 패악질을 일삼는 놈들이라거나."

"제 객잔에서 패악질을 부리는 사람들은 서방파 조직원들뿐입니다."

"하하하하— 아주 당찬 여자야. 보면 볼수록 마음에 들어."

배여해는 푹신한 방석에 엉덩이를 묻은 채 느른한 어조로 말을 이었다.

"이보게, 옥란. 하나만 알고 둘은 모르는 옥란. 보호비라는 것은 말이야. 평화로운 시국에는 그저 귀찮은 지출로만 여겨지기 마련이지. 하지만 말이야. 난세(亂世)가 오면 이야기가 달라져. 정파와 사파가 싸우고, 마교가 또 쳐들어오면 어쩔 텐가? 그때 누가 혼자 살고 있는 가녀린 여인을 보호해 주지? 으응? 생각을 해 봐. 우리에게 바치는 보호비가 그때 빛을 발하지 않겠어?"

"그것은 당신들이 외적들에 맞서 싸울 만한 용기를 가지고 있느냐, 그렇지 않느냐에 따라 달라지겠지요."

객잔 주인 옥란의 말에 배여해의 얼굴이 굳었다.

"그 말인즉슨, 우리가 치세(治世)에는 보호비를 받다가 난세가 오면 튀어 버릴 겁쟁이로 보인다는 말인가?"

"지금까지 한 번도 보호를 받은 적이 없으니 하는 말입니다."

"허허— 이거 안 되겠군. 우리 서방파의 위신이 아주 땅을 기게 되었어."

배여해가 술맛 떨어진다는 듯 고개를 돌렸다.

그러자 옆에 있던 말단 조직원들이 우르르 일어났다.

"제가 저년의 혀를 뽑아 오겠습니다."

"두목님. 명령만 내려 주십시오."

"감히 대서방파를……."

하지만 배여해는 여전히 느긋한 태도로 앉아 있다.

"됐다, 이것들아. 계집년의 혓바닥을 뽑아다가 무에 쓸라고?"

"……."

이윽고, 배여해의 시선이 옥란의 몸을 구석구석 훑었다.

"아니다. 쓸 곳이 있기는 하겠구만."

배여해의 음흉한 미소는 점점 더 진해지고 있었다.

"오늘 밤 그 혓바닥을 써서 나를 정성껏 모신다면야, 내 자릿세 감면을 한번 생각해 보지."

"……!"

옥란의 표정이 바퀴벌레를 씹은 듯 일그러졌다.

하지만 이미 분위기는 그쪽으로 굳어져 가고 있었다.

척—

서방파의 조직원들이 나가는 문을 가로막았다.

배여해가 말했다.

"저 객잔 여주인만 남기고 다 내보내."

"예, 형님."

조직원들이 나머지 사람들을 끌고 나간다.

험악한 인상의 사내들만 득실거리는 연회장에 옥란 홀로 덩그러니 남게 되었다.

배여해는 부하들을 돌아보며 낄낄 웃었다.

"내 차례가 끝나고 나면 너희들도 데리고 놀아라. 아, 자릿세는 뭐. 우리들이 백 명이니까 백 달 치 까 주면 되겠네. 하하— 좋겠어 아주? 하루 만에 백 명과 운우지락을 나눈 대가로 십 년은 자릿세를 면제받을 테니까. 주변 상인들이 아주 부러워 죽을라고 하겠구만?"

"……차라리 혀를 깨물고 죽는 편이 낫지."

"그 앙증맞은 혀를 왜 깨무나? 그냥 두시게. 내 알아서 뽑아 줄 터이니."

배여해는 손을 들어 부하가 건네는 도구를 받았다.

그것은 서방파에서 채무자의 혀를 뽑을 때 쓰는 쇠집게였다.

"어디 한번 보자고. 혀가 뽑히기 직전에도 그렇게 도도할 수 있는지. 얘들아, 문 닫아걸어라."

배여해를 필두로 한 서방파 조직원들 전체가 비릿하게 웃기 시작했다.

바로 그때.

…빡!

어디선가 둔탁한 소음이 들려왔다.

그것은 몇 층 아래에서 발생하는 듯한 아주 작은 소리였다.

배여해와 조직원들은 그 소리를 신경 쓰지 않았다.

하지만.

…빡! …빡!

처음에는 무시하려고 했던 그 소리가 조금씩 크게, 더 자주, 반복적으로 들려오기 시작했다.

…빡! …빡! …빡!

마치 이쪽을 향해 다가오고 있는 것처럼.

…빡! …빡! …빡! …빡!

그러자 비로소 조직원들 사이에서도 웅성거리는 자들이 생겼다.

"뭔 소리야 이거?"

"저 밑에서부터 들려오는 것 같군."

"으음— 뭐 표주박 같은 게 깨지는 소리 아니냐?"

"근데 그 소리가 이렇게 크게 들린다고? 그리고 애초에 누가 왜 표주박을 저렇게 많이 깨는데?"

그때, 배여해가 조용히 해 보라는 듯 손을 들었다.

조직원들의 웅성거림이 멎자 비로소 소음이 또렷하게 들려온다.

…빡! …빡! …빡! …빡! …빡!

그것은 어느새 문 저편에서 들리고 있었다.

배여해의 표정이 굳었다.

"이건 사람 대가리 깨지는 소리인데?"

많이 들어 봐서 안다.

사람의 두개골이 부서지는 소리는 의외로 커서 큼지막한 화약덩어리가 폭발하는 소리에 필적한다.

이윽고.

…빠—각!

연회장의 문 바로 건너편에서 요란한 소음이 들려왔다.

동시에 연회장 문이 쿵 소리를 내며 한 번 가늘게 떨린다.

"……."

"……."

"……."

연회장 문을 지키고 서 있던 조직원들이 서로 시선을 교환했다.

배여해가 막 그들에게 문을 열라고 지시하기 직전.

콰—쾅!

나무와 종이로 되어 있던 문짝이 박살 나며 누군가가 안으로 들어왔다.

온몸이 피로 물들어 있어서 얼굴을 알아볼 수 없는 장신의 사내.

손에 들려 있는 커다란 개작두에서 뚝뚝 떨어져 내리고 있는 핏물.

그리고 그가 걸어온 복도에 켜켜이 쌓인 머리 없는 시체들.

"……얘들아. 서문경이 어딨니?"

장강수로채의 술천두(戌千頭) 견술의 등장이다.

⁂

반 시진 전.

견술과 추이는 기루의 뒷문 앞에 섰다.

견술이 추이를 돌아보며 묻는다.

"예쁜아. 그런데 웬일로 네가 나를 도와주니?"

"너를 돕는 것이 아니다. 나도 서문경이라는 자에게 흥미가 있지."

"무슨 흥미? 설마 아는 사이야?"

"그런 것은 아니고. 등천학관의 교관 보조로 간다고 하니, 몇 가지 짚이는 점이 있어서."

"뭐가 짚이는데?"

"별것은 아니다. 질문 몇 개만 하면 되니 그다음부터는 네가 알아서 해라."

"호호호– 다행이네. 난 또 예쁜이가 그 새끼를 감싸 주려나 했지. 그럼 예쁜이랑도 싸워야 하는데, 그러긴 싫거든."

두 남자의 목적은 서로 상충하지 않는다.

그 사실을 확인한 것만 해도 큰 수확이었다.

이윽고, 둘은 기루 안으로 돌입하기로 했다.

콰—쾅!

견술은 대뜸 기루의 뒷문을 박살 내고 안으로 들어갔다.

추이는 본디 적진에 들어갈 때 변장을 하거나 은밀하게 잠입하는 것을 선호하는 편이지만, 견술은 굳이 그런 수고로움을 감수하지 않았다.

"나오렴, 이 개새끼들아~"

견술은 개작두를 든 채 성큼성큼 걸었다.

뒷문에 연결된 주방은 텅 비어 있었다.

음식을 만들던 요리사와 기녀 몇몇이 화들짝 놀라 구석으로 숨는다.

견술은 개작두를 휘두르려다 말고는 멈칫했다.

그러고는 상냥한 어조로 충고를 남긴다.

"뒤도 돌아보지 말고 여기서 나가. 오늘 이 안에 있는 놈들은 다 뒈질 테니까."

웬 미친놈이 시뻘건 눈을 하고 들어와 개작두를 들이미는데 가만히 있을 사람은 없다.

다들 견술의 조언이 채 끝나기도 전에 부리나케 줄행랑을 놓았다.

이윽고, 견술은 윗층으로 가는 목조 계단 앞에 섰다.

그곳에는 껄렁한 자세로 서 있는 파락호 세 명이 보였다.

"뭐냐? 빚 못 갚은 놈이냐? 아까 다 올라가지 않았나?"

"어? 뭘 들고 있는 거야 너? 그거 손에 뭐야?"

"미친! 저거 뭐야? 개작두야?"

그들은 견술을 보자마자 바로 경계 태세를 취했다.

하지만.

퍼퍼퍽!

견술은 개작두를 옆으로 긋는 간단한 동작 한 번으로 셋의 모가지를 따 버렸다.

촤아아악―

계단이 순식간에 벌겋게 물들었다

찔걱― 찔걱― 찔걱― 찔걱―

끈적한 핏물에 흠뻑 젖은 계단을 오르자 삐걱거리는 소리가 조금 이상하게 바뀌었다.

견술이 이 층에 도착하는 순간.

"웬놈이냐!"

날카로운 눈매를 가진 한 사내가 칼을 뽑아 들었다.

한눈에 보기에도 무공을 익힌 칼잡이.

칼끝에 서린 내력을 보아하니 무공의 수위가 예사롭지 않다.

"꼬라지를 보니 좋은 목적으로 온 놈은 아니구나. 뒈져라!"

칼잡이가 칼을 뻗어 온다.

평범한 인간은 감히 눈으로 좇을 수도 없는 쾌검이 견술의 머리를 향해 떨어져 내렸다.

하지만.

터업–

칼잡이의 칼은 도중에 막혔다.

견술의 검지와 엄지 사이에 잡힌 채로.

"……!?"

칼잡이는 크게 놀라며 칼을 잡아 빼려 했지만.

꾸드드드드득……

칼은 견술의 손가락 사이에 끼인 채로 꼼짝도 하지 않았다.

견술은 칼잡이의 칼을 잡은 채로 반대쪽 손을 들어 개작두를 움직였다.

떠–억!

개작두의 옆면이 칼잡이의 머리통을 후려갈겼다.

그러자 복도 안쪽에서 요란한 발소리들이 들려왔다.

"이봐! 십랑(十狼)! 무슨 일이야!"

아홉 명의 사내들이 칼을 뽑아 든 채 달려왔다.

아마 이들이 이 층을 지키고 있던 서방파의 위사들인 모양.

견술은 어깨를 풀며 말했다.

"어디 이 좀도둑 새끼들한테 장강의 매운맛을 좀 보여 줄까?"

그러자 이 층 위사들이 헛웃음을 머금었다.

"장강의 매운맛?"

"허, 누가 들으면 장강수로채의 백두급이라도 온 줄 알겠네."

"밑에 말단 몇 놈쯤 손봐 줬다고 기세등등하긴, 우리는 무공을 익혔다. 그딴 놈들과는 차원이 달라."

"나 저놈 알아. 어렸을 때 이 일대에서 놀던 건달 새끼야. 형수를 덮쳤다가 쫓겨났었지 아마?"

"그따위 파렴치한 짓이나 벌이던 놈이 장강수로채에 가서 퍽이나 적응했겠다."

"장강수로채를 들먹이는 꼴을 보아하니 가서 십수 년간 말단으로 구르다가 못 버티고 도망쳐 왔나 본데. 어디 그딴 허세가 통할 줄 아느냐?"

위사들은 장강을 언급한 견술을 비웃었다.

그러나.

고─오오오오……

견술의 핏빛 그림자가 끈적하게 늘어지자 위사들의 표정은 대번에 뒤바뀌었다.

쩌적─ 쩍─ 쩌저저적!

견술이 내뿜는 기세에 주변의 널빤지들이 삐걱거리며 갈

라지기 시작했다.

앞을 가로막은 아홉 위사들의 이마에 식은땀이 맺혔다.

"뭐, 뭐야? 이거? 부, 분위기가 왜 이래……?"

"어이, 아까 형수 덮치던 파렴치한이라면서?"

"그, 그랬는데 분명? 뭐지?"

"이 기세는 분명…….."

그들 역시도 칼밥을 먹고사는 무인들이다.

자신보다 강한 무인을 알아보지 못할 리가 없는 것이다.

"장강수로채의 백두급이라고? 내가?"

견술의 입꼬리가 비죽 올라갔다.

목소리에는 절로 웃음기가 섞인다.

"내가 장강수로채에서 백두급밖에 안 된다면…… 장강수로채는 이미 무림을 통일하고도 남았겠지."

"……?"

위사들은 견술의 말을 이해하지 못했다.

물론 견술이 위사들의 이해를 바라지도 않았다.

콰쾅!

견술이 개작두를 든 채 달려들었다.

짜─각!

칼을 들어 맞서려던 위사 하나의 몸뚱아리가 세로로 쪼개졌다.

"으아아아아아아!?"

그 뒤에 있던 위사가 칼을 뽑으려다가 말고 비명을 지른다.

찰나의 순간 머뭇거린 대가는 조금 더 비참한 죽음이었다.

…사뿍!

칼을 반쯤 뽑아 들었던 위사의 허리가 반 동강 났다.

그 때문에 아까 전에 몸이 세로로 쪼개졌던 위사까지 덩달아 네 등분이 난다.

푸확—

복도가 순식간에 피바다가 되었다.

위사들은 하얗게 질린 표정으로 칼을 버렸다.

그리고 곧바로 뒤돌아서 냅다 뛰기 시작했다.

물론 그보다 견술이 개작두를 휘두르는 것이 몇 배는 더 빨랐다.

…퍼퍼퍼퍼퍼퍽!

비릿한 피분수 속, 꿈틀거리는 근육과 번쩍이는 날붙이들이 뒤섞여 섬뜩한 윤곽을 만들어 냈다.

핏빛의 잔물결이 출렁거릴 때마다 사람의 몸뚱이가 개에게 물어뜯기는 헝겊 인형처럼 나부꼈다.

그 뒤로도 한참 일방적인 학살이 이어졌다.

이윽고, 마지막 위사의 옅은 울음소리를 끝으로 소란의 막이 내려왔다.

견술의 작두날에 깨지고 쪼개진 머리통 열 개가 바닥에 엎어졌다.

채 일다경도 지나지 않은 시간이었다.

콰―지끈!

견술은 기루 꼭대기의 연회장 문을 박살 내고 안으로 들어갔다.

"웬 놈……!"

위사 몇몇이 칼을 뽑으며 막아섰지만.

…퍼퍽!

곧바로 견술의 일수(一手)에 당해 불귀의 객이 되어 버렸다.

"뭐, 뭐야?"

배여해. 서방파의 새 두목이 깜짝 놀라 일어나는 것이 보인다.

……그가 들었던 잔을 내려놓고.

……허리를 살짝 굽히고.

……손으로 바닥을 짚고.

……방석에서 엉덩이를 떼고. 무릎을 펴고.

……엉거주춤 일어나고.

……목을 들어 정면을 향해 고정하기까지.

그 짧은 동작들의 연속이 이루어지는 찰나의 시간 동안, 견술은 개작두를 들어 앞쪽에 있던 서방파 조직원들 수십 명을 토막 쳐 죽여 버렸다.

퍼퍼퍼퍼퍼퍽! 후두둑― 후두둑― 후두둑― 후두둑―

잔칫상 위에 있던 술과 요리들 위로 끈적한 핏물의 소나기가 내린다.

오늘 밥은 다 먹었다.

견술은 개작두를 어깨에 짊어진 채로 손짓했다.

"서문경 어딨어?"

"……."

너무 상식 밖의 상황인지라 아무도 입을 열지 못한다.

무서운 이야기 속의 괴이(怪異)를 실제로 마주한 어린아이처럼, 그저 입만 뻐끔거릴 뿐.

지금껏 수많은 사선을 넘어왔다는 사실에 자부심을 가지고 있던 배여해 역시도 마찬가지였다.

그러자 견술의 입꼬리가 진득하게 휘어졌다.

빠—각!

개작두가 날자 배여해의 경호를 맡고 있던 위사 하나의 머리통이 터져 나갔다.

그제야 배여해는 상황을 어느 정도 파악했다.

"자, 잠깐만. 뭐 때문에 와서 이러는지는 몰라도……!"

그러나 배여해는 이번에도 말을 끝맺지 못했다.

견술이 맨주먹을 들어서 반대편에 있던 위사의 안면을 후려친 것이다.

…빠방!

맨주먹에 맞은 위사의 골통이 폭발하듯 터져 나갔다.

차라리 개작두에 맞은 쪽의 시체가 좀 더 고운 형상을 유지하고 있을 정도였다.

"서문경 어딨냐고."

"……."

견술의 시선은 배여해가 아니라 벽에 바짝 붙어 있는 말단 조직원을 향하고 있었다.

콰─직!

견술이 발을 들어 파락호 하나를 짓밟았다.

분명 어깨를 밟았는데 어깨뼈에 이어 쇄골뼈, 빗장뼈, 척추, 골반뼈까지 죄다 으스러졌다.

마치 벌레를 밟아 죽이는 듯 여상한 태도였다.

살인귀(殺人鬼). 사람 죽이는 것을 아무렇지도 않게 생각하는 귀신.

그런 존재를 눈앞에 둔 서방파 조직원들이 하나 둘씩 풀썩 풀썩 주저앉고 있었다.

견술이 다시 한번 말했다.

"서문경. 어딨어?"

"……."

옆에 있던 왈패는 말이 없다.

그저 오줌을 지리며 바들바들 떨고 있을 뿐이다.

퍼─억!

견술은 그의 목을 손날로 내리쳐 꺾어 버렸다.

"말하기 싫으면 하지 마. 다음 놈한테 물어보면 돼. 여기 대체품 많아."

질문에 대답하지 않으면 죽는다.

뜸을 들여도 죽는다.

뭔가 이런저런 생각을 하는 낌새를 보여도 죽는다.

아무튼 죽는다.

견술은 다음 사내에게 물었다.

"서문경 어딨어."

"마, 말할게요! 제발 살려……!"

하지만 그의 말이 채 끝나기도 전에 견술의 주먹이 날아들었다.

와드득!

두개골이 몽땅 골절당한 이상 죽음을 피할 수 없다.

사내를 때려죽인 견술이 혀를 빼물고 웃었다.

"아, 관성으로 죽여 버렸다."

그것을 본 사내들의 얼굴은 이제 슬슬 하얗게 질려 가고 있었다.

이제 연회장에 남아 있는 이들은 배여해를 비롯한 간부들 몇몇밖에 없었다.

이윽고, 견술의 시선이 배여해를 향했다.

"서문경 어딨……."

"마을의 동쪽 입구에 쾌활림이라는 숲이 있는데 그쪽에 있는 대나무숲으로 가시면 호화 저택이 하나 있습니다! 그게 아니라면 북쪽 주택 지구에 있는 파란 지붕 집, 아니면 남쪽 강둑 아래에 있는 남향 초가집에 있을 겁니다! 둘 다 내연녀의 집입니다! 그리고 서문경은 저희 서방파의 전 두목임과 동시에 동향회와 북검련, 남협계라는 조직의 두목들과 의형제를 맺고 있습니다! 아마 그쪽 간부들을 만나서 접대를 받고 있을지도 모릅니다!"

배여해는 온 힘을 다해, 전력으로 혓바닥을 놀린다.

그러면서도 마지막에 서방파가 더 큰 조직들과 연이 닿아 있음을 알려 은근히 협박하는 것도 잊지 않았다.

그러나. 견술은 그 말을 듣고도 표정 하나 변하지 않는다.

그저.

"나는 장강수로채의 천두야."

자신이 어디에서 왔는지, 어떤 계급에 있는지를 짧게 설명할 따름이다.

그리고 그 말을 듣는 순간.

"……! ……! ……!"

배여해를 비롯한 모든 생존자들의 얼굴빛이 시커멓게 죽어 간다.

뒷골목에 넘실거리는 흑수(黑水)의 물결에도 급수가 있는 법.

일개 촌구석의 뒷골목 왈패들과는 비교가 불가능한 전국

구, 아니 전대륙구의 흉신악살들이 모여 있는 곳이 바로 장강수로채다.

그리고 그 장강수로채의 천두라 하면 뒷골목 파락호들에게는 신이나 다름없는 존재였다.

배여해가 게거품을 물며 딸꾹질을 하기 시작했다.

"처, 처, 처, 처, 천두…… 자, 장, 장강수로채의…… 무, 무공이 화경의 경지를 넘어 현경의 경지에 도달하셨다는 그…….."

견술은 얼굴을 흠뻑 적시고 있는 피를 손으로 씻어 내릴 뿐, 아무런 대꾸도 하지 않았다.

오히려 대답은 옆에 있던 추이가 했다.

"서문경이 있는 위치는 들었고, 그럼 이제 이곳에 볼일은 없겠군."

"그래."

견술이 고개를 끄덕이자 추이는 곧바로 손을 움직였다.

치익—

주방에서 가져온 화섭자가 탁자 위의 독한 술에 불똥을 떨어트린다.

콰르르르륵!

불은 눈 깜짝할 사이에 번졌다.

배여해를 비롯한 간부들이 깜짝 놀라 자리에서 일어섰으나.

…퍼퍼퍼퍼퍽!

추이의 매화귀창은 눈 깜짝할 사이에 그들 모두의 심장에 한 뼘짜리 관통상을 입혀 놓았다.

"이걸로 양민들의 빚은 없던 일이 되겠군."

"그런 것도 신경 썼었어? 은근히 의협 기질이 있단 말야?"

"딱히. 그저 정보를 수집할 때 토착민들의 협조를 얻기 용이하게끔 조치를 취해 놓는 것이다."

"으응~ 그러시겠지. 네네."

추이의 대답을 들은 견술은 연회장 한쪽 구석을 향해 고개를 돌렸다.

"들었지, 주인장?"

"꺄악!?"

견술이 손을 뻗어 어깨를 짚자, 연회장 구석에 머리를 박은 채 덜덜 떨고 있던 여자가 비명을 질렀다.

목로주점의 여주인 옥란이었다.

"자, 이제 나가자고. 그리운 얼굴을 만나러 갈 시간이야."

견술은 옥란을 들쳐 안은 채 출구를 향해 걸어간다.

추이 역시도 묵묵히 그 뒤를 따랐다.

불길 이글거리는 기루 아래로 두 남자의 그림자만이 길게 늘어지고 있을 뿐이다.

남쪽 강둑 아래의 초가집.

게딱지를 엎어 놓은 듯 작고 허름한 집들이 다닥다닥 붙어 있는 와중, 유독 남쪽을 정면으로 바라보고 있는 집 하나가 있다.

이곳은 오래 전 남편을 잃은 과부 하나가 홀로 사는 집이다.

반금련. 그녀는 콧노래를 부르며 화장을 하고 있었다.

"서문 낭군께서 이제 금분세수(金盆洗手) 하시고 도회지로 올라가신다니, 분명 머지않아 나를 데리러 오시겠지. 드디어 매일 밤의 지겨운 기다림은 안녕인 거야. 앞으로는 낭군님과 쭉 함께 살 수 있다니, 꿈을 꾸는 것 같아."

동경을 보며 머리 모양을 다듬고 얼굴에는 분을 바른다.

볼에 연지곤지 찍고 입술을 붉게 칠하고, 한껏 기대에 부풀어 어깨와 엉덩이를 씰룩거린다.

지금껏 서문경이 자신을 찾아 주는 날만 기다리며 기나긴 세월을 보내왔다.

물론 서문경이 찾아오는 날보다 찾아오지 않는 날이 훨씬 더 많았지만, 바깥일 하는 남자가 바쁘다 보면 그럴 수도 있는 것이라며 그녀는 자기 스스로를 위로하곤 했다.

"호화 저택으로 데려가 주시려나? 화려한 수레에 태워 주시려나? 예쁜 장신구? 고급 요리? 아이, 좋아라. 생각만 해도 날아갈 것 같다나~"

이러고 있을 때가 아니다.

언제 어느 날 갑자기 서문경이 불쑥 나타나 말할지 모른다.

이런 구질구질한 세간살이 따윈 콱 불이나 싸질러 버리고 자기를 따라오라고.

함께 저 멀리 화려하고 멋진 땅으로 옮겨 가서 살자고.

"그러려면 언제든 준비가 되어 있어야지. 부르시면 바로 나갈 수 있게. 가장 예쁜 모습으로."

그래서 반금련은 이 야심한 시각에 홀로 동경 앞에 앉아서 얼굴에 분칠을 하고 있는 것이다.

올지 안 올지 알 수 없는 서문경을 기다리면서.

바로 그때.

끼이이익……

지성이면 감천이라던가.

마당 너머의 사립문이 열리는 소리가 들려왔다.

그리고 이내 사내 특유의 묵직한 발소리가 이어진다.

저벅– 저벅– 저벅– 저벅–

반금련은 반색했다.

"서문 랑(郎)~ 오셨나요!"

그녀는 뛸 듯이 좋아하며 교태 섞인 콧소리를 냈다.

그러고는 화장대 위에 놓아둔 정인끼리의 증표, 보석 박힌 금가락지를 손가락에 잘 보이도록 낀 채 뛰어나갔다.

"왜 이제야 오셨어요! 요즘 통 발걸음을 하지 않으셔서 저는 버림받은 줄로만 알고⋯⋯."

반금련은 눈물을 글썽이며 문 앞으로 나갔다.

그리고.

"⋯⋯!"

그녀는 한밤중의 방문객이 서문경이 아님을 알았다.

반금련은 경계심 가득한 어조로 외쳤다.

"웬 놈이냐! 여기가 누구 집인 줄 알아!? 서문경 대협의 집이다! 경을 치고 싶지 않거든 썩 나갓!"

"호호호— 서문경 대협의 집?"

그러자 침입자가 깔깔 웃으며 말을 이었다.

"여기가 언제부터 서문가의 집이었소? 여기는 견가의 집이 아니오?"

"⋯⋯?"

반금련은 영문을 몰라 눈을 끔뻑거린다.

침입자가 하는 말을 알아듣지 못한 것이다.

이윽고, 어둠 너머에서 걸어온 괴한이 정체를 드러냈다.

"오랜만이오, 형수."

"⋯⋯!"

견술의 얼굴을 본 반금련이 화들짝 놀라 뒷걸음질 쳤다.

심장이 덜컥 내려앉는다는 말이 딱 들어맞는 표정이었다.

"너, 너, 너, 너는……."

"시동생 이름도 까먹었소? 하긴, 아까 견가의 집이라고 했을 때 뭐, 알아듣지도 못하더만. 기억에서 아예 지워 버린 게지?"

"너는 옛날에 죽었잖아! 낭군께서 분명 칼로 찔러 죽였다고……."

"그 병신한테 죽을 리가 있겠어? 여기 이렇게 잘 살아 있잖아."

견술은 생글생글 웃는 얼굴로 걸어와 집 안으로 성큼 발을 내디뎠다.

시뻘겋게 충혈된 시선이 모든 것을 훑는다.

형이랑 같이 낑낑대며 들고 왔던 강물 속의 돌로 만든 돌쩌귀와 마룻돌.

형이랑 같이 베어 냈던 나무로 만든 울타리, 문짝, 지붕.

형이랑 같이 장을 담그던 항아리.

형이랑 같이 바른 황토 벽.

모든 것이 다 그대로다.

형만 없을 뿐, 모든 게 다 기억 속 그때와 꼭 같았다.

…쿵!

저 앞에서 반금련이 엉덩방아를 찧는 것이 보인다.

뒤로 주춤주춤 기어가는 그녀를 보며 견술이 말했다.

"형수. 내가 그때 말했지요?"

"뭐, 뭐를? 무엇을?"

"이것 봐, 이것 봐. 또 기억 못 하잖아."

견술은 반금련의 앞에 쭈그리고 앉아 눈높이를 맞추었다. 그리고 오래 전에 했던 대사를 그대로 반복했다.

"'형을 배신하면 반드시 대가를 치르게 될 것이다'라고."

"누, 누가 배신을 해! 네 형은 병으로 죽었어! 네 부모들처럼! 나, 나는 개가도 못 하느냐!? 평생 청상과부로 늙어 죽으라는 게야!?"

"형이 역병으로 죽었어? 언제부터?"

반금련의 발악을 들은 견술이 주머니에서 무언가를 꺼냈다.

…탁!

그것은 검게 변색된 뼛조각이었다.

"비상을 썼지? 얼마나 털어 넣었으면 뼈가 푸르다 못해 검게 변했을꼬."

"이, 이걸 어디서……."

"좋은 말로 할 때 자백해."

견랑의 뼛조각을 본 반금련의 눈이 일순간 표독스럽게 변했다.

"오랜만에 만난 형수님한테 그따위 태도밖에 못 보여? 그래서 너네 형제가 안 되는 거야."

"오. 패기 좋은데? 패기가 딱 좋겠어."

"허! 나를 때리겠다고? 어디 한번 해 봐? 내가 소리치면 곧바로 서문 대협이 오실걸? 그러면 네깟 놈 따위는 끝장이야. 이번에는 운 좋게 도망치지도 못할 거다."

"호호호― 그래? 그러면 안 되지. 나도 서문경, 그 새끼는 너무 너무 무서우니까."

반금련의 협박을 들은 견술은 짐짓 두려워하는 듯한 기색으로 한 발 물러났다.

그러고는 타협하듯 말을 이었다.

"아직도 형수가 서문경의 비호를 받고 있다면야, 내가 어떻게 함부로 굴 수 있겠어?"

"그래. 네가 그대로 형 놈보다는 말귀가 밝구나. 하긴, 옛날부터 그랬지. 나도 네 형이 아니라 차라리 너랑 만났었다면 지금쯤 두 견가를 모시는 현모양처로 얌전히 살고 있었을지도?"

반금련은 비로소 기세등등해졌다.

견술이 서문경을 두려워하여 자신을 해치지 못할 것이라는 판단이 들었기 때문이다.

그때, 견술이 말했다.

"근데 말야. 지난 세월 동안 한 가지 궁금한 게 있었어."

"흥! 뭐냐?"

"그때 말이야. 나랑 형이 숨어서 지켜보고 있는 줄 어떻게 알았어? 진짜 꼭꼭 잠복했는데 말이지."

견술은 아직도 기억하고 있었다.

'시동생이 저를 겁탈했어요.'

'이 사실을 남편이 알면 충격으로 몸져누울 거예요. 형제 간의 우애가 좋거든요. 불쌍한 사람.'

'그러니 서문 대협께서 도와주셨으면 좋겠어요. 그 파렴치한 시동생에게 벌을 주고 싶어요. 남편이 알면 까무러칠 테니 부디 비밀리에……'

견랑이 숨어서 지켜보고 있는 가운데, 반금련이 서문경을 불러다 놓고 거짓으로 자신을 모함하던 그때의 순간을.

그래서 견술은 궁금한 것이다.

반금련이 자신과 형의 매복을 어떻게 알고 그것을 역이용했는지에 대해서.

반금련은 코웃음 쳤다.

"내 몸에 손가락 하나 대지 않겠다고 약속해. 그러면 말해주지."

"약속할게."

"단지 손가락만 안 댄다고 다가 아니야. 너는 나에게 그어떠한 위해를 가해서도 안 되는 거야. 내가 너로 인해 고통을 느낀다거나 그러면 안 된다고. 알아들어?"

"말장난은 안 해. 약속한다고."

"좋아. 이제야 좀 얘기가 되네."

반금련이 몸을 일으켰다.

그리고 옷매무새를 점검한 뒤 화장대 앞에 있는 의자에 앉았다.

그동안 견술은 두 손을 들어 올린 채 그녀로부터 멀찍이 떨어졌다.

이윽고, 반금련이 그날의 일을 이야기하기 시작했다.

"내가 무슨 도사도 아니고, 늬들 형제가 잠복을 하는지 매복을 하는지 어떻게 알았겠니? 네 형이 말해 줘서 알았지."

"형이 말해 줬다고?"

견술의 표정이 의아함으로 물든다.

그러자 반금련이 깔깔 웃었다.

"그때는 나도 미숙했거든! 어린 마음에 내심 켕기는 게 있으니까. 그래서 술 좀 따라 주면서 옆에서 사근사근 잘 대해 줬더니 다 불던데?"

"……."

"아주 거나하게 취해 가지고는 펑펑 울면서, 차라리 거짓말이라고 해 달라고, 아무 일도 없었다고 말하라고, 자기가 숨어서 지켜보는 중이니 조심하라고, 아주 질기게도 매달리는데. 그래서 혹시 몰라서 연극 한번 해 본 거지. 그 팔푼이는 자기가 취해서 다 고해 바친지도 모르고 다음 날부터 열심히 숨어 있더군. 그래서 듣고 싶은 말을 해 줬던 거야."

"……."

이제야 궁금한 점이 해결되었다.

견술은 허탈하다는 듯한 표정으로 벽에 등을 기댔다.

"그렇군. 술이 문제였어. 그놈의 술이……."

괴로운 현실에서 도피하고자 마신 술이 현실을 더더욱 괴롭게 만들었다.

기묘한 역설이었다.

이윽고, 반금련이 자리에서 일어났다.

"너도 사내라면 약속을 지켜."

"……."

"나에게 손가락 하나 안 댔댔지? 이제 그만 나가. 곧 서문랑께서 나를 데리러 오실 거니까."

그녀는 도도한 자세로 서서 견술에게 손가락질했다.

하지만 견술은 집밖으로 나가지 않았다.

다만 팔짱을 낀 채 탄식할 뿐이다.

"약속을 했으니 네 몸에는 손가락 하나 안 댈게."

"그래. 그러니까 얼른 나가란 말야."

"근데 그건 내가 한 약속이고."

"……?"

반금련이 눈을 동그랗게 떴다.

그러자 견술이 사립문 바깥쪽을 향해 턱짓했다.

"저 녀석과 한 약속은 아니잖아 그게?"

"……!"

반금련의 두 눈이 찢어질 듯 커졌다.

그녀의 시선이 향한 곳에는 어느새 그림자 하나가 홀연히 떠 있었다.

추이. 두 자루의 송곳을 든 침입자가 집 안으로 들어왔다.

반금련이 손이 덜덜 떨린다.

추이는 그런 그녀를 향해 무미건조한 목소리로 말했다.

"네 낭군이 서문경이라지?"

"그, 그렇다 왜! 우리 서문 낭군께서 말 한마디만 하면 이 마을 장정들이 다 몰려올 거야! 감당할 수 있겠어 너희들!? 그리고 어!? 우리 서문 낭군께서는 그 유명한 서문세가 출신이야! 정도의 명문가! 이름 정도는 들어 봤겠지!?"

반금련은 서문경이 이 일대 파락호들의 대형인 동시에 정도의 명문가 서문세가 출신임을 내세우며 발악했다.

하지만, 뒤이어지는 추이의 말 한마디에 그녀의 표정은 멍하게 바뀐다.

"서문경. 그자가 마교의 첩자라는 사실을 알고 만났나?"

"……네?"

반금련이 넋 나간 표정으로 되물었다.

그녀가 아무리 무지렁이라고 할지라도 마교(魔敎)가 얼마나 무시무시하고 사악한 단체인지는 안다.

더군다나 이곳은 정도의 상징 무림맹과 정도십오주의 대간판 소림사가 있는 하남성이 아니던가.

이런 곳에서는 마교라는 이름을 입에 담는 것만으로도 경을 치를 수 있다.

한데 마교의 첩자?

이곳 하남성에서는 애들이 지껄이는 잠꼬대로라도 그냥 넘어갈 수가 없는 말이었다.

추이는 말을 이었다.

"서문경. 그는 마교의 끄나풀이다."

"그, 그게 무슨……? 누, 누구신데 그런 말씀을 하세요?"

"무림맹의 비밀 감찰관이다. 서문경, 그가 석 달에 한 번 쾌활림(快活林)에서 마교의 연락책들과 서신을 주고받는 것을 정녕 몰랐나?"

"……! ……! ……!"

무림맹에서 나왔다는 말과 마교의 첩자를 색출 중이라는 말에 반금련의 낯빛이 하얗게 질렸다.

추이는 말을 계속했다.

"등천학관의 교관 보좌라는 자리가 요즘 매관매직의 대상이 되고 있다지. 마교의 첩자들이 이 관첩을 사서 무림맹 안으로 잠입해 들어오는 일이 부쩍 잦아지고 있다. 나는 그것을 수사하기 위해 서문경의 뒤를 쫓고 있는 것이고."

"그, 그, 그……."

반금련은 뭐라 말을 잇지 못했다.

무림맹과 소림사가 있는 이곳에서 마교와 연관되었다가는

얄짤없이 고문, 사형이다.

당사자들뿐만 아니라 위아래로 팔 족이 모두 모진 문초를 받을 것이며, 그것도 모자라 마교의 첩자가 발견된 마을은 아예 쑥대밭을 내 놓은 뒤 커다란 연못으로 만들어 버린다.

한때 마교의 침공으로 인해 양민들이 큰 피해를 입었던 곳이 바로 하남성인지라 민심이 좋지 않은 것은 물론이요, 관아에서도 마교에 관련된 무림맹의 처사는 모두 묵인해 주고 있는 터였다.

쓱싹– 쓰윽– 쓱쓱쓱쓱……

추이는 품에서 꺼낸 송곳 두 자루의 날을 슥슥 문질러 갈았다.

그러고는 나지막한 목소리로 중얼거렸다.

"마교의 첩자가 현지에 심어 둔 애인이라…… 이건 굉장히 귀한데."

"저, 저는 몰라요! 저는 아무것도 몰랐어요! 진짜예요!"

마교라는 이름이 나오자마자 반금련은 바닥에 납작 엎드렸다.

오기와 객기도 부릴 곳에 부려야 하는 것이다.

상대방의 입에서 마교라는 이름이 나왔는데 어찌 가만히 있을 수 있겠는가.

반금련은 손이 발이 되도록 빌며 고개를 저었다.

"진짜 저는 아무것도 몰라요! 서문경, 그 사람이랑은 그냥 육체적 관계였어요! 가끔씩 만나서 몸만 섞는……! 진짜 예요!"

"서문경이 부교관 자리를 돈으로 사서 등천학관으로 간다는 사실은 알고 있었잖아?"

"그것밖에는 몰랐어요! 진짜로! 제가 아는 건 그게 다예요!"

"그렇겠지. 다들 그렇게 말해."

"아아……."

대화가 턱 막힌다.

반금련의 눈에 절망이 어렸다.

이윽고, 추이가 송곳을 든 채 반금련의 앞으로 걸어왔다.

"천천히 대화를 나눠 보자고. 밤은 기니까."

*

마을의 동쪽 입구에 쾌활림이라는 숲이 있다.

대나무가 빽빽하게 돋아 있는 오솔길 위에 어스름한 새벽달이 가라앉는다.

까무잡잡한 피부에 금색이 도는 머릿결을 가진 미남자 하나가 대나무밭과 논두렁 사이의 오솔길을 걸어가고 있었다.

호보의(呼保義) 서문경.

그는 서문세가의 방계의 방계, 그중에서도 아주 말단에 있는 한미한 가문에서 태어났다.

본래의 성은 위씨였으나 여색에 관련된 사고를 너무 많이 친다는 죄로 가문에서 내쳐진 뒤, 그는 자신의 성을 서문이라 고쳐 불렀다.

보의랑(保義郎)이라는 벼슬자리는 돈으로 살 수 있는 말단의 관직이었는데, 당시 위씨세가에서는 막내아들의 여색벽을 고치기 위해 전 재산을 털어 이를 샀다.

아들이 관리가 되면 품위 유지를 위해 여색을 멀리할 것이라는 기대를 했기 때문이다.

하지만 서문경은 자신의 별호를 호보의(呼保義)로 칭하며 더더욱 많은 여자들을 후리고 다녔다.

결국 위씨세가는 서문경을 호적에서 판 뒤 내쫓아 버렸다.

참다못해 부모마저 의절을 선언한 것이다.

그러나 부모의 마음이란 그런 법, 서문경의 어미는 막내아들을 거리로 내치는 것이 가엾다며 며칠 동안을 울었다.

그러고는 그동안 남몰래 빼돌려 두었던 쌈짓돈을 모아 거기에 규수들끼리의 곗돈까지 얹어 무림맹 등천학관의 관첩(官牒) 하나를 구매했다.

그것이 바로 무림맹 직속 산하기관, 등천학관의 부교관직인 것이다.

"캬─ 이제는 서문 보의가 아니라 등천학관의 서문 교관이로구만. 그래. 남자로 태어나서 응? 누구 밑에서 일하는 게 아니라 누구 위에서 일해야지. 암만."

서문경은 품속에서 빳빳한 양피지 하나를 꺼내 들었다.

'○○○'. 이 사람을 무림맹 '登天學館'의 '教官 補佐'
로 임명함. -무림맹주 白-

허접해 보이는 한 구절이 적혀 있을 뿐이지만 이것은 무려
무림맹의 맹주가 직인을 찍어 놓은 공문서이다.

물론 무림맹주가 이런 말단 자리에까지 직접 임명장을 작
성했을 리는 없지만, 그래도 서문경은 이 관첩을 무림맹주가
직접 작성했다고 믿고 있었다.

"하하하하- 이름 부분의 공란에 이름만 적으면 누구든
등천학관의 교관 보좌가 될 수 있다 이거지? 이것이야말로
진정한 백지 관첩이로구나. 우리 꼰대, 의외로 능력 좀 있
었네."

어차피 의절한 부모긴 하지만 마지막 선물치고 꽤나 비싼
것을 받았다.

이제 다음 달부터 그는 무림맹이 있는 숭산 근처로 이사를
해 새로운 인생을 살아 볼 생각이었다.

"이제부터는 나도 등천학관 소속이다. 비전임이기는 해도
어엿한 교관이라 이거야."

등천학관이 어딘가? 무려 오천 명의 학생들과 천팔백 명

의 교원들, 그리고 일만 명의 직원들을 품고 있는 정도무림 최고의 교육기관이다.

변방에서는 등천학관에서 교관으로 일한다고 하면 그 사실 자체만으로도 신분 보증이 되어 지역 유지들에게 온갖 귀빈 대접을 받을 수 있었다.

"……물론 비전임 교관은 그냥 정식 교관 밑에서 잔심부름 따까리 노릇이나 하는 위치이긴 한데. 그래도 뭐. 거기서 윗대가리들한테 뇌물 좀 찔러주고 딸랑딸랑 잘하면야 또 모르지."

일단 들어가기만 하면 된다.

그렇다면 그 안에서 위로 출세할 자신은 얼마든지 있었다.

서문경은 벌써부터 자신이 등천학관의 정식 교관이 된 듯 가슴이 벅차오름을 느꼈다.

그도 그럴 것이.

"참. 내가 등천학관에 취직한 줄 어떻게 알고. 벌써부터 꿀벌들이 꼬여든단 말이지. 단 냄새 하나는 기가 막히게 맡아요 다들."

물건 납품이나 인력 용역 수주 같은 것을 부탁하는 옛 부하들은 똥파리나 다름없다.

진짜들은 지금부터였다.

얼마 전, 서문경에게 웬 귀공자가 찾아왔다.

그는 먼 세도가의 자제라 했고 온몸을 비싼 비단옷으로 휘감은 채 화려한 마차에 타 있었다.

귀공자는 서문경이 등천학관의 교관이 되었다는 소문을 들었다며 종종 자신과 교류하여 친분을 나누자고 했다.

그는 몸이 허약해서 무공을 익히지 못해 등천학관에 입학하지 못했던 슬픈 과거가 있다면서 지금까지도 등천학관을 동경하고 있다고 했고, 이따금씩 서문경과 만나 술잔을 기울이며 등천학관에 관련된 정보들을 알려 주면 고맙겠다고도 했다.

서문경이 흔쾌히 승낙하자 귀공자는 그와 같은 호걸과 사귀어서 기쁘다며 좋은 옷과 좋은 수레, 좋은 말을 선물했고 추후 등천학관에 들어가서도 생활비를 대 주겠다며 통 큰 면모를 보였다.

그리하여 서문경과 귀공자는 석 달에 한 번, 이곳 쾌활림(快活林)에서 만나 교분을 나누자고 약속을 했던 것이다.

"거참, 특이한 사람이야. 등천학관에 관련된 정보라면 뭐든 좋다니. 그런 잡다한 사실들을 알아서 뭣에 쓰려는지 참. 뭐, 나야 상관없나? 그 대가로 술 얻어먹고 여자 얻어 끼고, 거기에 뇌물로 쓸 활동비까지 두둑하게 받으니까. ㅎㅎㅎㅎ─"

서문경의 입장에서 보면 이게 웬 횡재냐 싶은 제안들이었다.

등천학관에서 일하며 얻은 이런저런 썰들을 풀어 주는 것만으로도 이렇게 막대한 돈을 받을 수 있다니 말이다.

"곧 여기를 떠날 건데, 마지막으로 그동안 후린 계집들이 나 쭉 돌아보고 갈까?"

서문경의 머릿속에 몇 명인가의 얼굴이 스쳐 지나갔다.

그중 한 여인의 이름을 서문경은 입에 담았다.

"월랑이……."

물론 그녀 하나가 다가 아니다.

"교아, 옥루, 설아, 춘매, 병아, 영이……."

그 뒤로도 수많은 여인들의 이름이 나온 끝에, 서문경은 뒤늦게 생각났다는 듯 마지막으로 말했다.

"아, 반금련이. 그년도 있었지 참. 완전히 까먹고 있었네."

이윽고, 서문경은 논두렁 위로 올라가며 머리를 긁적였다.

"등천학관으로 가면 이런 너절한 년들 말고 진짜 상위의 계집들을 노려 봐야지."

예전에 등천학관 쪽으로 유람을 갔을 때 만났던 도회지의 여자들이 떠오른다.

하나하나가 아름답고 세련되어 있던 여인들.

그리고 그중에서도 마치 군계일학(群鷄一鶴)처럼 유독 찬란하게 빛났던 미모의 여인도 있었다.

"검화 남궁율이랬던가? 크─ 진짜 인간 세상의 미모가 아니었지 그건. 대남궁세가의 금지옥엽이라고 들었는데, 나 같은 놈에게는 역시 언감생심이렸다? 에이…… 그래도 한 번 말이라도 섞어 봤으면…… 혀를 섞을 수 있으면 더 좋고……
몸을 섞을 수만 있으면야 뭐, 집안뿌리라도 죄다 뽑아다 팔
겠는데…….”

바로 그때.

스르륵—

논두렁 너머의 대나무숲 쪽에서 그림자 하나가 어른거렸
다.

서문경은 발걸음을 멈췄다.

그러고는 날카로운 시선으로 고개를 돌리며 칼자루에 손
을 얹었다.

“뭐냐?”

“감이 좋네.”

둑 위에 있던 그림자가 얼굴을 드러냈다.

견술이 웃는 낯으로 이쪽을 내려다보고 있었다.

서문경은 본디 무공을 익힌 사내.

오감 역시도 나쁘지 않은 무재(武才)이다.

오죽했으면 그토록 사고를 많이 쳤음에도 불구하고 위씨
세가에서 끝끝내 그를 놓지 못했을까.

서문경은 비범한 기억력으로 견술의 정체를 떠올렸다.

“……견술? 살아 있었나?”

“오냐. 숨 잘 쉬고 밥 잘 먹으면서 살아 있었다, 서문가 놈
아.”

"허어. 뒷목, 등허리, 허벅다리에 칼침을 그렇게 맞고도 살아 있었다니. 거기에 논두렁 아래 농수로에 처박혀서 된서리까지 맞았을 텐데."

"그때 내가 빚을 많이 졌지. 오늘 이자까지 갚으러 왔어."

"큭큭큭− 꽤 비쌀 텐데. 자신 있나 봐?"

"그럼~ 이걸로 일단 선이자부터 떼."

견술은 서문경의 앞으로 무언가를 확 던졌다.

…틱!

서문경은 허공으로 날아든 물건을 낚아챘다.

그것은 잘려 나간 약지 손가락이었다.

큼지막한 보석이 박힌 금가락지가 약지의 중간에서 빛나고 있었다.

"……!"

서문경은 반지를 보고 손가락의 주인이 누구인지 눈치챘다.

"아. 반금련. 걔를 먼저 찾아갔었구나."

"맞아. 씻을 때나 잘 때나 항상 그걸 끼고 있었다고 하더군."

"어어, 잘 아네. 그런다고 하더라고. 남자 질리게 만드는 여자지, 참."

"그런 여자한테 모친의 가락지씩이나 되는 걸 줬어?"

"엥? 모친의 가락지? 아아− 그걸 믿냐? 그거 그냥 모조

보석이야. 구리에다가 겉만 도금한 거고. 여자들은 왜 그딴 말에 속아 넘어갈까 항상 궁금했는데, 너는 같은 사내새끼가 왜 거기 같이 속고 앉았어? 큭큭큭―"

서문경은 손에 들고 있던 반금련의 손가락을 탁 튕겨 버렸다.

"그래서. 뭐, 철 지난 복수라도 하러 왔냐?"

"당연하지. 빚을 졌으면 갚아야 하니까."

"계산이 아주 확실한 친구였구나 너. 이참에 나랑 일 하나 같이 해 볼래? 지난 원한보다는 앞으로의 이익이 더 중요한 거 아니겠어?"

말은 그렇게 하지만 서문경의 손은 이미 칼을 뽑고 있었다.

스르릉……

한눈에 보기에도 아주 예리한 명검이었다.

"참, 나를 따르는 동생들이 좀 많은데. 괜찮겠어?"

"이미 다 죽이고 오는 길이야."

"오~ 살문에라도 들어갔다 왔어? 하하하― 예나 지금이나 참 입담이 좋아. 허풍이 세~"

이윽고, 서문경의 검이 새파란 예기를 뿜어냈다.

쩡―

서문경의 칼이 견술의 개작두에 막혔다.

순간, 서문경의 손이 옆으로 비틀리며 검격이 이리저리 꺾였다.

…까가가가가가가가강!

엄청난 속도로 내리꽂히는 서른여섯 줄기의 검법이 견술의 개작두를 사납게 내리 긁었다.

"……."

견술은 작두날 뒤에 숨어서 뒤로 물러났다.

서문경은 칼을 휘두르며 그런 견술을 좇아갔다.

"둘 다 집안에서 의절당한 놈들끼리 동병상련(同病相憐)은 못할망정 이게 무슨 대환장극이란 말이냐! 그러지 말고 내 밑으로 들어오라니까? 이 기나긴 시간 동안 독을 품고 있었던 놈이라면 기백 하나는 쓸 만할 터. 내 너를 중히 쓰마."

"……."

서문경의 말을 들은 견술은 여전히 아무런 말도 하지 않는다.

그저 떨어져 내리는 칼을 피해 작두날 뒤로 숨을 뿐.

그런 견술을 보며 서문경이 피식 웃었다.

"개작두라, 특이한 무기를 쓰는구나. 네가 무슨 장강수로채의 술백정이라도 된다더냐? 으하하하하! 어디서 들은 풍문은 있어 가지고!"

서문경이 칼을 휘두르자 주변에 있던 대나무들이 사선으로 잘려 미끄러진다.

이윽고, 휘영청 밝은 달 아래로 섬뜩한 칼빛이 반사된다.

"지금부터 네게 대서문세가의 검법을 보여 주마."

서문경이 진지한 표정을 한 채 기수식을 취한다.

앞발이 나갔고, 뒷발이 받친다.

두 손에 잡힌 칼끝에서 시퍼런 검기가 웅웅 파문을 만들어내고 있었다.

그때, 견술의 입이 열렸다.

"내 형한테 왜 그랬냐?"

"……뭐?"

서문경이 되묻자 견술이 재차 말했다.

"형수랑 그냥 붙어먹기만 하면 됐잖아. 네 힘과 재력이면 사람들 눈을 피하는 것은 일도 아니었을 텐데. 그냥 몰래 조용히 떡이나 칠 것이지, 굳이 내 형을 독살까지 한 이유가 뭐냐고."

그러자 서문경이 픽 웃었다.

"하구숙이, 그 관짝팔이 새끼가 다 불었구나? 나중에 손 좀 봐 줘야겠군."

"들킨 김에 이유나 말해 봐."

"못 말할 것도 없지 뭐. 키도 작고 얼굴도 못생긴 놈이 제 급에 안 맞는 여자를 데리고 살잖아. 얼마나 꼴불견이냐? 나는 그런 걸 죄악이라고 본다."

"그게 독살당할 정도로 중한 죄냐?"

"뭐 사람 인생이라는 게 꼭 죄지은 만큼만 당하는 건 아니지."

"그렇군. 좋은 말이네."

견술이 고개를 끄덕이자 서문경이 비로소 검법을 시전했다.

…번쩍!

서문세가의 독문무공 뇌전검법(雷電劍法).

창공을 지나가는 번개처럼 빠르고, 지상에 떨어져 내리는 낙뢰처럼 힘센 칼부림이 견술을 향해 펼쳐지기 시작했다.

서문경이 견술을 향해 외쳤다.

"우선 예전처럼 뒷목, 등허리, 허벅다리부터 찔러 주마! 그 뒤에는 다시는 못 기어오르게 팔다리를 잘라서 논두렁에 빠트려 주지! 아마 오늘 밤이 꽤나 추울 것이다! 하하하하—"

서문경이 휘두르는 명검에서 시퍼런 검기가 뿜어져 나오며 벼락처럼 줄기줄기 뻗어 나가고 있었다.

하지만 견술은 그저 투박한 개작두 날을 세로로 세울 뿐이다.

"누구나 다 그럴싸한 계획을 가지고 있지."

동시에, 작두날이 휘둘러져 서문경을 향했다.

퍼—억!

개작두의 옆면에 강타당한 서문경은 검을 휘두르던 자세 그대로 나가떨어져 옆쪽에 있던 논두렁에 처박혔다.

…풍덩!

차가운 진흙탕에 머리부터 거꾸로 처박힌 서문경.

……? ……? ……?

그는 방금 전에 무슨 일이 일어난 것인지 이해하지 못했다는 표정으로 몸을 일으켰다.

그 앞으로 견술이 어깨를 으쓱하며 내려선다.

"한 대 처맞기 전까지는 말이야."

서문경은 과연 무재였다.

…번쩍!

서문세가의 독문무공 뇌전검법이 극성으로 펼쳐진다.

검이 지나간 자리에 빛나는 궤적이 남았다.

그것이 두 번 겹쳐져 코가 되었고 네 번 겹쳐져 눈이 되었다.

차차차차차차차차착!

뇌전으로 이루어진 그물코와 그물눈이 정면을 뒤덮어 간다.

만약 서문세가의 가주가 이 광경을 보았다면 서문경을 본가로 들이는 것을 한 번쯤 고민해 보았을 정도였다.

하지만.

…퍽!

서문경이 펼치는 뇌전의 그물은 무식하게 휘둘러진 개작

두에 의해 잘려 나갔다.

비장의 검법이 파훼된 것도 모자라 검을 휘두르던 자세 그대로 논두렁에 처박히기까지 했으니.

"……? ……? ……?"

서문경이 넋 놓은 표정을 짓는 것도 당연한 일이었다.

"뭐냐? 방금 뭐야?"

몸 전체가 차가운 흙탕물에 쫄딱 젖은 데다가 한쪽 머리가 터져 피가 줄줄 뿜어져 나오고 있지만…… 그럼에도 불구하고 지금 이게 무슨 상황인지 알 수가 없다.

자신은 분명 최강의 검술을 시전했다.

그랬으면 상대방은 응당 혼비백산하여 도망치거나, 혹은 도망조차 치지 못하고 피를 뿜으며 고꾸라져야 한다.

하지만 상황은 예상과는 정반대로 흘러가고 있었다.

견술은 개작두의 날을 탁탁 두드렸다.

"작두날을 세로로 세우면 훌륭한 둔기가 되지."

"……그러니까. 지금 그걸로 나를 때렸다 이거냐?"

서문경은 황당하다는 듯 실소를 머금었다.

그는 뛰어난 고수다.

서문경의 어미가 등천학관의 부교관 자리를 살 수 있었던 것도 서문경의 실력이 받쳐 주기 때문이다.

만약 무능한 자였다면 돈으로 부교관직을 사 봤자 얼마 버티지 못하고 쫓겨났을 터.

"나는 이미 초일류의 경지를 밟은 검객이다. 무려 등천학관의 교관보로 입신양명할 대장부란 말이지. 그런 내가 너같은 뒷골목 파락호에게 맞아 논두렁에 굴렀다고 한다면……."

"세상이 다 너를 좆병신이라고 욕하겠지."

"그래 세상이…… 아니, 그렇게까지 욕하지는 않고. 비웃기는 하겠지만."

서문경은 흙탕물에 젖은 앞머리를 뒤로 쓸어 넘겼다.

그러고는 핏발 선 눈으로 칼을 들어 견술을 겨누었다.

"오늘의 일을 영원토록 함구하게 해 주마. 죽은 자는 말이 없는 법이니까."

이윽고, 일류에 다다른 검법이 또다시 섬광을 뿌린다.

그동안 서문경을 뒷골목의 신으로 군림하게 만들어 주었던 뇌전검법이었다.

"지금까지 이 수를 피한 놈은 뒷골목이 아니라 무림에서도 없었다! 이 초식이야말로 나를 천뇌굉섬(天雷轟殲)이라는 별호로 불리게 만들어 준……!"

그러나.

"아, 이 새끼 말 존나 많네."

견술은 귀찮다는 듯 개작두를 휘둘렀다.

한여름의 소가 꼬리를 휘둘러 파리를 쫓듯, 그런 무심한 패대기.

쩌—억! 쩡!

그 한 방에 서문경의 검이 부러져 나갔다.

"……? ……? ……?"

서문경이 입을 반쯤 벌렸다.

그리고 끊어져 가는 목소리로 말했다.

"어…… 뭐야? 방금 뭐냐고?"

그는 부러진 검을 들고는 어버버 말을 잇지 못한다.

그 앞으로 견술이 성큼성큼 걸어왔다.

"그 싸구려 칼 말고는 무기 없냐?"

"뭐…… 라고? 싸구려? 이, 이건 우리 가문에 대대로 전해
져 내려오던 가보이자 천하명검(天下名劍)인 혼원벽력검(混元霹
靂劍)……."

"수수깡만도 못한 것 같던데. 뭐, 됐다. 나도 맨손으로 하
지 뭐."

견술이 개작두를 냅다 집어 던졌다.

부우웅!

개작두가 빙글빙글 날아들어 서문경의 머리를 쪼개 놓으
려 한다.

"허억!?"

서문경은 황급히 고개를 숙였다.

작두날이 아슬아슬하게 그의 정수리를 스치고 지나가며
머리카락을 뭉텅 썰어 놓았다.

…쾅! 우르르르릉!

작두날이 박힌 바위가 요란한 굉음과 함께 두 조각으로 쪼개지며 붕괴해 내렸다.

지난 누천년간 변함이 없었던 언덕배기의 지형이 통째로 변화한 것이다.

"……? ……? ……?"

그것을 본 서문경이 무어라 입을 열려는 순간.

견술의 몸이 일순간 자리에서 사라지는가 싶더니 이내 서문경의 코앞에 번쩍 나타난다.

뻐—억!

단단한 주먹이 서문경의 안면 정중앙에 때려 박혔다.

"끄이약!?"

앞니 네 개가 부러져 나가며, 서문경이 새된 비명을 질렀다.

동시에 견술의 무릎이 서문경의 아래턱을 올려쳤다.

"께끽!"

위아래의 어금니가 맞부딪치며 부러져 나간다.

그 사이에 꼈던 혀끝도 잘려 나갔는지 피가 한 움큼 토해져 나왔다.

견술은 위로 솟구쳐 오르는 서문경의 머리채를 콱 움켜쥐어 끌어내렸다.

"아이고, 일류고수 나으리. 아파서 어떡해? 응? 앞으로 더

아플 거라서 그건 또 어떡해?"

"이, 이 새기!?"

서문경이 잽싸게 다리를 올려 차 원앙각의 초식을 펼쳤으나.

짜―각!

위에서 아래로 떨어져 내리는 견술의 손바닥은 곧장 서문경의 다리를 부러트렸고, 그 너머에 있던 뺨따구를 팩 돌려 버렸다.

우두둑! 부우우웅― 첨벙!

서문경은 소용돌이를 그리며 날아간 끝에 논두렁 아래의 흙탕물에 처박혔다.

"그어어어어어어억!?"

서문경이 입에서 진흙 섞인 비명을 토해 냈다.

견술은 그 앞으로 손가락을 꼽으며 말했다.

"죽일 놈이 많네. 일류고수 서문경, 등천학관의 교관보 서문경, 서문세가의 서문경, 파락호들의 대형 서문경, 내 친구 하구숙이를 괴롭힌 서문경, 반금련이랑 붙어먹은 서문경, 내 형을 죽인 서문경, 내 몸에 칼빵을 놨던 서문경, 지금 나한테 꾸역꾸역 덤벼드는 서문경…… 몇 번을 죽여야 내 직성이 풀리려나."

"이 개새끼야아아! 무슨 사술을 부리는 거야아아아!"

서문경이 벌떡 일어나 주먹을 날렸다.

당랑권(螳螂拳), 옥환보(玉環步), 원앙각(鴛鴦脚), 후권(猴拳), 단권(短拳), 단타(短打), 전봉(纏封), 통배권(通背拳), 면장비질(面掌飛疾), 태조장권(太祖長拳), 솔장경붕(摔將硬崩), 곤채직입(棍採直入), 개수통권(磕手通拳), 칠세련권(七勢連拳), 점나질법(占拏跌法), 곤루관이(滾漏貫耳), 와리부추(窩裏剖捶), 구루채수(勾摟採手)…….

온갖 종류의 무술에 통달해 있는 서문경의 솜씨가 여과 없이 펼쳐진다.

한 끗, 한 끗에 살의를 담아 정확히 급소만을 노리는, 거의 기예에 가까운 무투 실력이었다.

하지만.

"호호호-"

견술은 뜬 눈으로 서문경의 주먹질, 발길질을 모두 맞고 있었다.

서문경이 견술의 몸을 때릴 때마다 가죽 북이 터져 나가는 소리가 난다.

물론 그것은 다 서문경의 주먹이나 발등의 가죽이 터지고 찢어지는 소리였다.

"……! ……! ……!"

그제야 서문경은 눈치챘다.

견술의 몸 위에는 내공이 켜켜이 쌓여 만들어진 얇은 피막이 덮여 있다는 것을.

그 내공은 너무나도 정순하고 심후한 것이라서 자신의 내가기공으로는 그것에 흠집조차 낼 수 없다는 사실을.

이윽고, 상황을 파악한 서문경의 입에서 믿을 수 없다는 듯한 뇌까림이 들려왔다.

"저, 절정고수……."

절정(絶頂)에 이른 무림고수.

셋만 모여도 성 하나의 모든 인간들을 하루아침에 도륙 내 버릴 수 있다는 규격 외의 존재들.

지고의 영역을 엿보아 천기(天機)에 한 발자국 다가간 그들은 무림인들 내에서도 초인이라 불리며 경외시된다.

그리고 눈앞에 있는 견술이 바로 그 절정고수인 것이다.

"말도 안 돼! 네, 네놈이 어찌?"

"오, 아무것도 걱정할 필요 없어. 너한테 차근차근, 하나하나 다 설명해 줄 거니까. 오히려 설명을 원하지 않을까 봐 걱정이었는데, 아주 잘됐다."

견술이 서문경을 향해 성큼성큼 걸어간다.

마치 거대한 괴물이 어둠을 헤치고 나오는 듯한 위압감.

서문경은 저도 모르게 주춤주춤 뒤로 물러나고 있었다.

…화악!

견술의 손이 또다시 서문경의 머리채를 휘어잡았다.

"이익!"

서문경은 주먹을 날려 견술의 얼굴을 때렸지만.

짜ㅡ각!

곧바로 이어진 귓방망이에 피를 사발로 토해 낼 뿐이다.

견술은 서문경의 머리채를 잡고 계속해서 **뺨따귀**를 갈겼다.

짜—각! 쩌억! 쩍— 쩌—걱!

마치 강가의 큰 바위가 망치에 맞아 쪼개질 때 날 법한 굉음들이 연거푸 터져 나왔다.

"그욱…… 그우우욱…… 게엑……."

서문경의 아름답던 이목구비는 육전을 부치기 직전에 대충 주물러 놓은 반죽처럼 변해 버렸다.

"휴. 죽이는 것보다 살려 놓는 게 더 힘드네. 의원들이 이런 마음일까?"

견술은 얼굴에 튄 핏방울들을 닦아 내며 투덜거렸다.

"제, 제바 사려주헤오…… 자못해어오……."

서문경은 부정확한 발음으로나마 빌기 시작했다.

견술은 피식 웃고는 그의 머리채를 잡고 논두렁 위로 올라갔다.

그곳에는 추이가 기다리고 있었다.

어깨에는 커다란 가죽 자루를 메고 있는 채였다.

"화는 좀 풀렸나?"

"이제 막 시작했는데 뭐."

"내가 좀 봐도 될까?"

"그럼. 고문 기술이야 우리 예쁜이 쪽이 훨씬 낫겠지. 내가 아무리 장강수로채의 천두 출신이라고 해도 어찌 감히 나락곡의 살수에게 비할까."

추이와 견술의 대화를 들은 서문경이 울기 시작했다.

장강수로채의 천두. 거기에 나락곡의 살수라니.

도저히 현실에 존재한다고 믿기 어려운 괴물 두 마리를 하루아침에 연달아 만나게 되었다.

추위와 공포로 덜덜 떨고 있는 서문경을 내려다보며, 견술이 씩 웃었다.

"내 형을 어떻게 죽였는지 상세히 고해 봐라."

"그, 그게…… 그거이……."

처음의 위세는 간 곳이 없다.

대부분의 사람이란 으레 몇 대 맞으면 바로 밑천이 드러나는 법이다.

서문경은 피눈물을 흘리며 자신의 악행에 대해 소상히 고했다.

이빨이 부러지고 혀가 끊어져 발음이 새기는 했지만 얼추 알아들을 수는 있을 정도였다.

견술이 고개를 끄덕였다.

"그러니까. 왈패들을 시켜서 내 형을 두들겨 팬 뒤에, 골병이 든 형을 보면서 반금련이 눈물을 흘리고, 모성애가 싹 터서 부부간의 사이가 좋아졌다고 생각하게 만든 다음에, 반금련이가 형에게 비상이 들어간 닭죽을 먹였고, 형이 침상에 누워 죽어 가는 동안 너랑 반금련이는 그 옆에서 정사를 벌였다 이거지?"

"자, 자못 해으이다…… 제바 요서르……."

서문경은 피와 땀, 눈물, 침을 질질 흘리며 통곡했다.

하지만 견술은 조금도 아랑곳하지 않은 채 고개를 끄덕였다.

"잘 알겠다. 이제야 너희들을 어떻게 처리해야 좋을지, 생각이 정리됐어."

이윽고, 견술은 서문경의 머리채를 잡은 뒤 손을 번쩍 들어올렸다.

추이 역시도 짊어지고 있던 가죽 자루를 내려놓았다.

"……!"

서문경의 퉁퉁 부은 눈이 조금 벌어졌다.

가죽 자루 속에는 반금련이 나체 상태로 덜덜 떨고 있는 것이 보였다.

견술이 서문경에게 어깨동무를 걸며 말했다.

"옷 벗고 들어가."

"……에?"

"여기 들어가라고. 한 번 더 말하게 하면 죽일 거야."

"히익!"

견술의 말을 들은 서문경은 황급히 옷을 벗고는 반금련이 들어 있는 가죽 자루 속으로 뛰어들었다.

이윽고, 견술은 반금련과 서문경이 들어간 가죽자루를 들쳐 멨다.

그러고는 대나무숲 너머에 있는 서문경의 호화 장원을 향해 걸어가기 시작했다.

"다 같이 옷장 까고 천천히 대화를 나눠 보자고. 누구 말대로, 밤은 기니까. 호호호호－"

이 와중에도 옆에 있는 추이를 향해 핏발 선 눈을 찡긋해 보이는 견술이었다.

"……이게 대체 무슨 일이람."

그날 그 사건 이후, 장의사 하구숙은 잠을 제대로 잘 수가 없었다.

어머니와 아내, 아이 둘은 그날 밤에 방 밖으로 나오지 못하게 해서 괜찮았지만 하구숙 자신은 그 끔찍한 참상을 직접 눈으로 봐야 했다.

어둠 속에서 뿜어져 나오던 그 시뻘건 피, 피, 피.

그날만 생각하면 아직도 손이 달달 떨릴 지경이었다.

그나마 다행인 것은, 하구숙이 어린 시절 견술과 단짝을 이루어 다녔을 만큼 담이 세고 용감한 남자라는 것이다.

이후 하구숙은 산산조각 난 시체들을 수습하고, 꿰메어 이어 붙이고, 수의를 입혀 관에 넣고, 모든 핏자국을 지우는 작업을 홀로 끝마쳤다.

그리고 그 무렵, 하구숙은 놀라운 소문 하나를 들었다.

서방파, 동향회, 북검련, 남협계.

이 마을을 주름잡던 네 개의 폭력 조직이 하루아침에 궤멸되어 사라졌다는 내용이었다.

양민들의 고혈을 빨아먹고 살던 그들을 해치운 이는 '삼칭황천(三稱黃泉)'이라는 무시무시한 별호를 쓰는 사파의 낭인이라고 한다.

하구숙은 초가집 툇마루에 앉은 채 한숨을 쉬었다.

"술이 이 자식. 그동안 대체 어디서 뭘 하다 온 건지……."

옛 친구를 오랜만에 만나서 반가웠던 마음, 그런 친구를 도와주지 못해서 죄스러웠던 마음, 눈앞에서 우수수 죽어 나가던 파락호들을 보며 놀랐던 마음 등이 뒤섞여 혼재하다.

그가 툇마루에 앉아서 등잔 빛에 대고 옷의 빈대를 잡고 있을 때.

"어이-"

울타리 너머로 무언가가 불쑥 뛰어 올랐다.

견술. 그가 하구숙을 바라보며 환하게 웃고 있었다.

"술이! 너!?"

하구숙은 버선발로 뛰쳐나와 견술에게 달려갔다.

하지만 견술은 손을 뻗어서 하구숙을 막아섰다.

"오지 마. 피 묻어."

"미친놈아! 장의사가 피 묻는 거 퍽도 무서워하겠다!"

하구숙은 견술의 만류에도 불구하고 펄쩍 뛰어올라 발길질을 날렸다.

견술은 하구숙의 발길질에 맞아 어이쿠 하며 뒤로 자빠진다.

"개새끼가, 대뜸 발길질이야. 돌았어?"

"발길질 안 하게 생겼냐? 대체 뭘 하고 다니는 거야! 내가 위험하다고 했잖아!"

"이제 위험한 거 다 끝났어, 인마."

화를 내는 하구숙 앞에서 견술은 씩 웃어 보였다.

이윽고, 견술은 싸리나무로 된 울타리를 헤치고 들어와 하구숙의 앞에 무언가를 던져 놓는다.

그것은 큼지막한 천 보자기였다.

"뭐냐 이게?"

"지난밤에 여기저기 다니면서 좀 털어 왔다. 어머니랑 제수씨랑 조카들 부양하느라 빡세지? 용처에 보태 써라."

"지랄하네. 누가 돈 달랬냐, 새끼야?"

"그냥 받아 씨발. 어차피 나는 홀몸이라 쓸 데도 없어."

"나도 필요 없어! 네 꺼니까 네가 써!"

"아 진짜, 좆도 없는 게 왜 자꾸 쫀심이지? 칵 저수지에다가 갖다 버릴라."

"미친새끼야, 버리긴 왜 버려! 버릴 거면 나 주든가!"

"가져가, 이 개새끼야."

두 친구 사이에 오가는 것은 순 욕설뿐이다.

이윽고, 견술이 툴툴거리며 돌아섰다.

"다시 보긴 힘들 거다. 잘 살어."

"뭔 돈을 이렇게 많이 넣어 놨냐? 삼대는 놀고먹겠네."

"돈 싫다더니 돈 얘기밖에 안 하네, 이 미친년."

"꺼져 새끼야, 빨리."

"그래. 간다, 인마. 잘 살고."

견술은 손을 휘적거리며 돌아섰다.

그러고는 뒤도 돌아보지 않고 앞으로 나아갔다.

문득, 하구숙이 몸을 벌떡 일으켰다.

"야! 이 새끼야!"

그는 부서진 울타리를 뛰어넘으며 외쳤다.

"조카들 커서 시집가는 거 꼭 보러 와라! 울 엄마 돌아가셨을 때도 와야지!"

"……."

견술은 돌아보지 않는다.

하구숙은 목이 터져라 고래고래 소리 질렀다.

"니 새끼 뒈졌을 때 내가 염해 줄게! 나는 무림인한테는 관짝도 공짜로 해 준다, 인마! 그러니까 꼭 와라! 꼭 와서 내가 보는 앞에서 뒈지라고! 알아들어!?"

하지만 견술은 말이 없다.

그 잘하던 욕 한마디 하지 않은 채, 그저 홀로 조용히, 어둠 속으로 사라져 갈 뿐이다.

목로주점의 여주인 옥란은 한동안 장사를 쉬었다.

그녀는 황토로 만든 방 안에 누워서 앞으로 어떻게 살아가야 할지에 대해 고민하는 중이었다.

자릿세는 더 이상 안 내도 되지만 그동안 뜯기기만 하느라 모아 놓은 돈이 없으니 큰일이다.

어쩌면 이제 장사를 접어야 할지도 모르는 일이었다.

바로 그때.

…펑!

바깥의 대문이 부서지는 소리가 들렸다.

황급히 방을 나선 옥란은 이내 놀랄 만한 광경을 보게 되었다.

짜증스러운 표정의 견술이 주점 마루에 묵직한 돈자루를 내려놓고 있었던 것이다.

"어이, 마침 잘 만났다. 이참에 저 빌어먹을 문짝 좀 고쳐."

"어…… 어어……."

옥란은 말을 제대로 잇지 못한다.

그러거나 말거나, 돈 자루를 내려놓은 견술은 몸을 홱 돌려 밖으로 걸어 나간다.

이윽고. 견술이 고개를 돌리며 말했다.

"아 그리고."

"……?"

돈자루를 보며 혼란스러워하고 있던 옥란이 고개를 들었다.

그런 그녀에게 견술이 툭 던지듯 말했다.

"너네 가게 죽 맛없어. 반성 좀 해."

"네? 하, 하지만…… 할머님이 살아 계실 적이랑 똑같이 만들었는데……."

"그때도 맛없었어. 추억 맛으로 먹는 거지. 간다."

멍한 표정의 옥란을 뒤로하고 견술은 휘적휘적 걸어가 버렸다.

그것이 끝이었다.

서문경의 대저택.

추이와 견술은 이곳에 있던 시녀와 하인들을 죄다 내보냈다.

저택의 서까래 아래에는 튼튼한 밧줄이 묶여 있었고 그 끝에는 가죽 자루 하나가 매달렸다.

"ㅇㅇㅇㅇ……."

"흑흑흑흑……."

가죽 자루 속에서는 서문경의 신음소리와 반금련의 울음소리가 들려오고 있었다.

추이는 그 앞에 서서 종이 한 장을 살펴보고 있었다.

'ㅇㅇㅇ'. 이 사람을 무림맹 '登天學館'의 '敎官 補佐'로 임명함. -무림맹주 白-

무림맹주의 직인이 찍혀 있는 양피지.

비어 있는 이름 칸에다가 아무 이름이나 적으면 그가 곧 무림맹 등천학관의 교관 보조가 된다.

그가 누구이든, 어디 출신이든, 묻지도 따지지도 않고 말이다.

"돈 좀 썼겠군."

추이는 이 관첩을 사용해서 등천학관의 교관보가 될 생각이었다.

등천학관 내의 교관 보좌는 수백 명이나 되고 그들 중 관첩을 사서 들어온 이들 또한 부지기수일 테니 추이의 행적이 들통날 일은 없다.

이로써 추이는 등천학관에 잠입하기 전에 해야 할 일을 모두 끝마쳤다.

'운이 좋았다.'

회귀하기 전.

그러니까 마교와 중원무림의 전쟁이 끝났을 때, 추이는 이 전쟁이 어디에서부터 발발했었는지에 대해 소상히 들었던 바 있었다.

당시 마교에서는 수많은 첩자들을 풀어 등천학관의 교관 보좌 자리를 샀고 이를 통해 무림의 동향을 파악했었다.

무림맹과 사도련 모두에 마교의 간자들이 섞여 있었고 이는 마교의 중원 침공을 훨씬 더 용이하게끔 만들었다.

'딱 지금쯤이겠군. 마교의 간첩들이 중원 침투 경로를 찾으러 한창 활개치고 다닐 때가. 한번 넘겨짚어 봤는데, 이렇게 바로 걸릴 줄이야.'

아마 서문경과 석 달에 한번, 쾌활림에서 만나 교분을 나누기로 했다던 귀공자가 마교에서 보낸 연락책이었을 것이다.

즉, 서문경은 자기도 모르는 채 마교의 간첩으로 활동하게 될 운명이었던 셈.

'결국 이놈 하나를 잡는 것이 수많은 사람들을 살리는 길이 되겠지.'

추이는 가죽 자루 속에 남겨 신음하는 서문경을 올려다보며 생각했다.

딱히 불특정 다수의 사람들을 구하기 위해 노력했던 것은 아니었지만…… 어쨌든 결과가 이렇게 나왔으니 나쁠 것은 없었다.

결국 견술의 목표와도 잘 어우러졌으니 말이다.

"퉤- 퉤- 퉤엣-"

견술은 옆에 있던 박달나무 몽둥이를 집어 들고는 침을 세 번 뱉었다.

그러는 동안에도 가죽자루 속의 서문경과 반금련은 서로를 향해 으르렁대고 있었다.

"시그러어 이녀아- 멀 자래다고 자구 지질 짜?"

"이 미친 새끼. 너 때문에 내 인생 망했다, 이 개새끼야!"

"머? 이녀이 느구하테 크소리야? 니녀이 멍저 꼬리쳐자나!"

"뭐라는 거야, 이빨 다 빠져 가지고. 어이구, 내가 눈이 삐었었지. 마교의 첩자질이나 하는 쓰레기를……."

"처, 처자? 마교? 이러 미치녀이! 모타는 소리가 엉네!"

가죽 자루가 미미하게 움직인다.

아마 자루 속에서 조금이라도 편한 자세를 잡기 위해 서로를 짓누르는 모양.

하지만 결국에는 다 무의미한 것이다.

인간사(人間事), 유명해지고, 부유해지고, 어떻게든 남 위에 올라서려 하는 것이 결국 이 가죽자루 속의 뒤척임과도 같은 것을.

그것을 지금 견술이 몸소 보여 주려고 하는 것이다.

"자. 두 남녀는 들으시라."

"……!"

견술의 목소리가 들려오자 가죽 자루 속의 남녀는 얼어붙듯 굳는다.

가죽 자루의 움직임이 멈추자 견술이 말을 이었다.

"형수님. 그러게 말로 할 때 들었으면 좋았잖소."

"도, 도련님…… 죄송해요…… 제발 한 번만 자비를……."

"솔직히. 젊고 예쁜 나이에 못생긴 내 형을 만나서 인생이 고달파진 것은 이해하오. 차라리 몰래 가산을 내다 팔아서 돈으로 바꾼 뒤 도망가지 그랬소? 그랬다면 내 형은 그냥 펑펑 울고 말았을 것이고, 나는 그런 형을 위로하며 욕지꺼리나 몇 마디 하고 말았을 것을."

"도련님…… 도련님…… 제발……."

"하지만 상간남과 함께 나한테 칼침을 놓고, 내 형을 독살한 것도 모자라, 형의 앞에서 운우지락을 나누며 임종 직전까지 모욕했던 것은 너무했소. 내가 기연을 만나 살아남지 않았다면 이 모든 것은 아무렇지 않게 묻혀 버렸을 테고, 그대들은 별 탈 없이 행복하게 살아가며 자식을 낳고 손주를 보아 대를 이어 나갔겠지."

견술은 가죽 자루 속, 반금련이 있는 곳으로 추정되는 부분을 손으로 짚었다.

그리고 나지막한 목소리로 말을 이었다.

"내가 마을을 떠날 때 말했잖소. '형을 배신하면 반드시 대가를 치르게 될 것이다'라고. 그 말을 귀담아 들었다면 일이 이렇게 되지는 않았을 텐데."

그러자 가죽 자루 속에서 들려오던 흐느낌 소리가 뚝 멎었다.

그러고는 이내 앙칼진 고성이 들려오기 시작했다.

"안 살려 줄 거면 훈계하지 말아라, 이 개새끼야! 너도 니형도 모두 지옥에나 떨어져 버려!"

"호호호— 이제 좀 어울리는군. 그래, 그래야 내 형수답지."

"이보오…… 나느…… 나능 방성하고 잇어…… 사려져……."

"오, 서문 친구. 발음이 많이 돌아왔는데. 호호호— 하지만 안 돼."

가죽 자루 안에서 버둥거리는 서문경과 반금련.

견술은 그 둘에게 마지막 인사를 고했다.

"결자해지(結者解之)라는 말이 있지. 둘이 몸을 섞었기 때문에 이 사달이 벌어진 것이니, 둘이 몸을 섞어서 해결하면 되겠다."

동시에 육각으로 각진 박달나무 몽둥이가 높이 올라간다.

"저 멀리 사천당가(四川唐家)라는 곳에는 '추골육식(抽骨肉式)'이라는 살벌한 형벌이 있다고 하지. 나도 사(巳) 사형에게 들었던 건데 말이야. 어디 보자, 이렇게 하는 거랬던가?"

견술은 내공조차 쓰지 않은 채 몽둥이찜질을 한다.

퍼-억!

가죽자루가 이상한 모양으로 꺾이고 뒤틀린다.

…퍽! …퍽! …퍽! …퍽! …퍽! …퍽! …퍽! …퍽!

도중에 가죽이 터지며 자루가 찢어졌지만 이미 십수 겹이나 겹쳐 놓은 자루인지라 내용물은 쏟아지지 않았다.

몽둥이질 처음에는 몇 번인가 비명소리가 들려왔지만, 이제는 아무런 소리도 들려오지 않는다.

견술은 계속해서 방망이를 후려쳤고, 가죽 자루는 둔탁한 소음과 함께 연신 흔들린다.

안에 든 것은 고체였다가…… 반고체였다가…… 점차 걸쭉한 액체로 변해 간다.

이제는 몽둥이가 가죽 자루를 두드릴 때마다 안에서 계속 출렁거리는 소리가 들려오고 있었다.

시간이 얼마나 지났을까.

뿌슉! 뿌슉! 뿌슉!

십수 겹이나 겹쳐 놨던 가죽 자루들이 찢어졌다.

곳곳에서 피곤죽이 된 정체불명의 액체가 질질 흘러나오기 시작했다.

견술은 가죽 자루를 끌러 안을 확인해 보았다.

"잘 섞였군. 날 때부터 하나였던 것처럼 말야."

이윽고, 가죽자루 밑에서 불길이 피어오른다.

견술은 저택 곳곳에 뿌려 놓은 기름에 불을 질렀다.

…화르륵!

이윽고, 거대한 화마가 저택을 집어삼켰다.

서문경도, 반금련도, 모두 불길과 연기에 휩싸여 사라져 간다.

"……."

견술은 품속에 간직하고 있던 형의 뼛조각과 쪽지를 불길 속으로 던져 넣었다.

활활활활활활활!

저택을 통째로 휘감으며 치솟아 오르는 불기둥 앞에 향 한 가닥이 꽂힌다.

"편하지는 않겠지만 아무튼 쉬시오, 형님."

견술은 서문경과 반금련, 그리고 견랑의 영전에 대고 두 번의 절을 올렸다.

그러고는 한동안 바닥에 엎드린 채 움직이지 않았다.

……어느새 눈이 내리기 시작했다.

엎드려 있는 견술의 등 위로, 그리고 잿더미로 변해 버린 저택 위로, 굵은 함박눈이 펑펑 흩날린다.

마치 이곳에서는 아무 일도 없었다는 듯.

검거나 붉은 오점 하나 없이.
그저 순결하고 소담스러운 백색으로 덮여 갈 뿐이다.
⋯⋯희게. 희게. 더 희게.

등천학관

등천학관(登天學館).

무림맹의 직속 산하기관들 중 가장 위상이 높은 기관이자 학관.

이곳은 중원의 중심부에서도 가장 중심부에 있는, 명실공히 정도 최고의 교육기관이자 성지였다.

지금껏 정도무림을 빛낸 무수한 수의 고수들, 천재들, 영웅들이 이곳을 거쳐 갔다.

높은 담장으로 둘러싸여 있는 거대한 부지 안에는 수많은 건물들과 강, 다리, 연무장 등이 자리하고 있고, 그 안에서 일하는 사람들은 오천 명의 학생들과 천팔백 명의 교직원들을 제외해도 일만 명이나 될 정도.

그리고 그런 등천학관의 드넓은 부지 중에서도 가장 외진 곳.

짹짹짹—

참새 한 마리가 흙을 쫀다.

봄이 와 닿은 정원에 연둣빛 새싹들이 군데군데 고개를 내밀었다.

교직원들이 기거하는 관사의 뒤뜰.

그곳에는 여러 명의 소녀들이 한데 모여서 쑥덕거리고 있었다.

대부분 십 대 중반 정도로 보이는 아이들이다.

"그래서…… 이번에 새로 오시게 될 부교관님은 누굴까?"

"나는 이번에 교관 관사 담당으로 승진했지롱!"

"교관님이든 부교관님이든 상관없으니 잘생기고 키 큰 분이었으면 좋겠다. 눈 호강이라도 하게."

"나는 외모는 필요 없고, 제발 성격만 좋았으면."

소녀들은 관사에 딸려 있는 시비였다.

그녀들의 주된 업무는 등천학관의 교관, 부교관들이 쓰는 방을 제때 청소하고, 그들에게 식사를 가져다주거나 목욕물을 받아 놓거나 하는 잡일이 대부분이다.

시비들 중에서도 교관의 방을 청소하는 시비가 있고 부교관의 방을 청소하는 시비가 있다.

당연히 그녀들 사이에서도 위계와 급이 나뉜다.

……그리고 여기, 영아(迎兒)라는 이름의 소녀가 있었다.

그녀는 앞으로 '서문경'이라는 이름의 신입 부교관을 담당하게 된 하급 시비였다.

영아는 선배 시비들이 해 주는 조언을 열심히 받아 적었다.

"요즘 부쩍 관첩 사서 들어오는 부교관들이 많다더라."

"그리고 관첩 사서 들어오는 작자들은 대부분 거만하고 파렴치한 경우가 많아."

"맞아. 돈 써서 자리를 산 거니까, 뽕을 뽑으려고 더러운 짓 엄청 한다던데."

"꼭 그런 사람들이 시비나 하인들 알기를 우습게 알지."

"말도 마. 엄청 부려 먹는다고 들었어. 자기가 이 자리에 앉으려고 돈을 얼마나 썼는지 아냐면서."

"아마도 보상 심리 같은 거겠지. 아, 나는 공명정대하게 실력으로 들어오시는 분을 모시고 싶은데……."

그 말을 들으며 영아 역시도 자연스럽게 생각했다.

'……내가 앞으로 모시게 될 분은 누굴까?'

그녀는 막연히 생각했다.

동기들은 키 크고 잘생기고 자상한, 여러모로 모실 맛이 나는 남자와 눈이 맞아 신분 상승을 하는 것을 꿈꾸지만……

영아의 생각은 달랐다.

'날고 기는 등천학관의 후기지수들을 교육하시는 분이

니…… 분명 나도 어깨 너머로라도 뭔가 보고 배울 수 있는 것이 있겠지.'

하지만. 뒤이어지는 선배 시비들의 말에 영아의 꿈은 와장창 깨지고 말았다.

"그러고 보니 영아, 너는 누구 담당이랬지?"

"내가 알아. 서문경 교관 보좌래."

"부교관이면 그래도 꽤 높은 사람이네."

"어? 잠깐? 서문경? 신예현(新野縣) 변집향(樊集乡)의 그 호보의?"

"어어, 맞아. 너 알아?"

"알지! 그 새끼 완전 개쓰레기로 유명했어!"

시비들은 영아를 향해 딱하다는 듯한 시선을 보냈다.

"서문경은 무슨, 그 사람 본명은 위경이야. 위씨세가 출신인데, 하도 여자들을 건드리고 다녀서 가문에서 의절당했대."

"나도 얘가 말했던 거 들어 본 것 같애. 마을 여자들은 유부녀까지도 다 한 번씩 건드려 봤다더라. 파락호들 대장이었다면서?"

"맞아, 맞아, 얘. 오죽했으면 위씨세가의 위명오 가주랑 서문병아 사모가 홧병으로 죽었겠어. 그 뒤로 세가 전체가 뿔뿔이 흩어졌다고 하더라고. 그런데 서문경, 그 색마는 유산을 받는다고 희희낙락 좋아했다잖아 글쎄."

계속되는 험담에 영아의 표정이 파랗게 질린다.

선배 시비들은 혀를 끌끌 차며 영아의 어깨를 짚었다.

"보아하니 관첩 사서 돈으로 들어오는 인간말종 같은데, 조심해 너. 시중들던 중에 교관이나 부교관 애 배서 퇴직하는 시비들 많은 거 알지? 부당한 거 요구받으면 바로 우리한테 와. 밤시중, 이런 거 절대 들어주면 안 돼. 알겠어?"

하지만 이런 경고가 오가는 이유가 뭐겠나.

그만큼 사건 사고들이 많이 벌어지기 때문 아니겠나.

그래서 경고하는 선배 시비들도, 그 경고를 듣고 있는 영아도 걱정이 태산 같은 표정이었다.

ⵌ

이윽고, 영아가 관사로 들어왔다.

어제부터 열과 성의를 다해서 청소한 덕분에 내부는 먼지 한 톨 없이 깨끗하다.

큼지막한 거실 하나에 딸린 두 개의 방.

원래는 이 인 일 실이지만 관사 전체에 빈방이 많은지라 한동안은 한 명만 쓰게 되었다.

영아가 혹시 덜 닦였을지 모를 얼룩을 찾기 위해 탁자를 기웃거리고 있을 때.

끼기기긱—

현관문이 열리며 누군가가 관사 안으로 들어왔다.

"앗, 오셨나요. 부교관님…… 헉!?"

영아는 고개를 돌려 인사를 하려 했지만 그럴 수 없었다.

서문경. 그의 외모가 너무나도 특이했기 때문이다.

얼굴을 가린 앞머리, 그 아래의 피부는 온통 화상 자국으로 덮여 있었다.

키는 작았고 복장은 그저 흑색의 피풍의 한 벌뿐이다.

"……."

서문경. 그는 관사 안으로 들어와 아무런 말이 없었다.

영아는 마른침을 삼켰다.

그러고는 최대한 시선을 아래로 내리깔며 말을 이었다.

"저, 저는 부교관님의 시중을 들 영아라고 합니다. 앞으로 잘 부탁드리겠습니다."

그녀의 목소리가 가늘게 떨린다.

머릿속에는 아까 전에 선배 시비들이 했던 말이 계속 맴돌고 있었다.

'보아하니 관첩 사서 돈으로 들어오는 인간말종 같은데, 조심해 너. 시중들던 중에 교관이나 부교관 애 배서 퇴직하는 시비들 많은 거 알지?'

영아는 최대한 서문경의 눈에 들지 않기 위해서 고개를 푹 숙였다.

그러고는 빠르게 안내 사항들을 읊었다.

"보통 교관, 부교관님들은 묘시(卯時) 시작과 동시에 기상하셔요. 학생들보다 반 시진 일찍 기상하시는 셈인데…… 보통 부교관님들은 기상 직후 모시는 교관님께 가서 점호를 받으신 뒤, 목욕을 하시거나 식사를 하시는 편이어요. 목욕과 식사의 순서는 자유고요. 그리고 출근은 진시(辰時)의 시작과 동시에 하시는데, 겨울의 경우에는 날이 춥다 보니 출근 전까지 일다경(一茶頃)의 시간이 더 주어지십니다. 그렇게 교관, 부교관님들이 출근을 하시면 저희가 방을 깔끔하게 치워 드리는데, 미리 분부하시는 부분은 앞으로 방 관리에 앞서 각별히 주의하여 신경을 쓰도록 하겠……."

그때, 서문경이 손을 들어 올렸다.

그의 손은 얼굴과 달리 희고 고왔다.

마치 여자의 손이라고 해도 믿을 수 있을 정도였다.

이윽고, 잔뜩 일그러진 얼굴과는 어울리지 않는 청아한 목소리가 나지막하게 깔렸다.

"됐다. 이미 숙지하고 왔다."

"앗…… 그럼 제게 따로 시키실 일을 말씀 주신다면……."

"괜찮다. 시킬 것이 있으면 추후 부르겠다."

선배들의 걱정과 달리 서문경은 상당히 무난무난한 성격이었다.

큰돈을 주고 이 자리를 샀으니 어떻게든 뽕을 뽑겠다며 이것저것 요구하는 이들과는 다르게, 서문경은 조용히 거실 한 구석에 자신의 단촐한 짐을 풀었다.

영아는 서문경을 모시는 것이 의외로 어렵지 않을 수도 있 겠다는 생각을 했다.

그때.

"이제 목욕을 하겠다."

"……!"

바로 뒤이어진 서문경의 말에 영아의 표정이 어두워졌다.

종종 있다. 관사에 딸린 시비들을 자신의 노예로 여기는 이들이.

그런 부류들은 목욕을 할 때 시비들에게 등을 밀어 달라거 나, 거품을 내 달라거나 하면서 은근슬쩍 도를 넘는 성희롱 을 하는 경우가 많았다.

영아는 두 눈을 꾹 감았다.

그러고는 떨리는 목소리로 말했다.

"제, 제가 뭔가 시키실 일이…… 아, 드, 등이라도 밀어 드 려야 할까요?"

하지만.

"……? 아니 됐다. 나가 달라는 뜻이었다."

"아."

뭔 쌩뚱맞은 소리냐는 듯한 서문경의 반응에 영아의 얼굴 이 화다닥 붉어졌다.

"그, 그럼 편안한 시간 보내시길! 아, 그리고! 제게 시키실 일이 있다면 저 거실 벽의 수첩(手帖)에 적어 주시면 감사하겠습니다! 아침, 저녁 청소 시간에 확인해 볼게요!"

"알겠다."

서문경은 그저 무심히 고개를 끄덕일 뿐이다.

시비가 관사를 나갔다.

서문경은 욕조 속의 뜨거운 물을 한동안 바라보았다.

이윽고, 서문경이 표주박을 이용해 뜨거운 물을 한 바가지 펐다.

촤아아악–

뜨거운 물이 얼굴에 끼얹어지자.

흐물흐물–

서문경의 얼굴이 천천히 녹아 흐르기 시작했다.

이윽고. 화상으로 얼룩진 피부 너머로 옥처럼 하얗고 매끄러운 피부가 보인다.

추이가 앞머리를 쓸어 넘기며 진짜 얼굴을 드러냈다.

"……효과가 별로군."

추이는 욕실 바닥으로 녹아내리는 화상 피부를 보며 미간을 찡그렸다.

면구(面具). 살수로 활동하던 시절 자주 만들었던 가짜 얼굴이다.

원래는 사람 가죽으로 만든 인피면구가 제일 성능이 좋지만, 추이는 굳이 서문경의 외모를 그대로 흉내 낼 필요가 없었기에 돼지 껍데기와 특수한 약품을 섞어 만든 면구를 사용했다.

……다만, 추이가 만든 면구는 관리가 쉬운 반면 정교한 세공이 어렵다는 단점이 있었다.

그래서 핏줄의 재현이나 표정의 구현 등에 있어서 애로 사항이 많았기에 추이는 일부러 화상입은 피부를 연출했던 것이다.

어차피 서문경의 가족들은 다 의절한 뒤고 그마저도 홧병이나 노환으로 죽었다.

만에 하나 그의 얼굴을 아는 이가 나타난다고 해도, 얼굴 전체가 화상에 뒤덮였으니 알 게 뭔가.

마침 쾌활림에서의 화재 사건도 있었기에 서문경의 화상에 대해서 의심하는 이는 없을 것이다.

애초에 관첩 자체가 입수 경로를 불문에 부치는 물건이다 보니 더더욱 그랬다.

"뜨거운 물만 조심하면 되겠어."

추이는 온수에 풀어지는 면구를 보며 혀를 한 번 찼다.

뭐, 살면서 얼굴에 난데없이 뜨거운 물이 끼얹어질 일은 거의 없겠지만…… 그래도 조심해서 나쁠 것은 없는 것이다.

이윽고, 추이는 욕조에 몸을 담갔다.

"내일부터 출근인가."

서문경은 원래 등천학관의 부교관으로 올 예정이었다.

부교관, 교관 보좌, 교관보, 비전임 교관, 임시 교관 등등…… 다양한 명칭으로 불리지만 결국 핵심 업무는 정식 교관의 수업을 보조하는 것이다.

문제는, 서문경의 상급자인 정식 교관이 바로 비무극(費無極)이었다는 점이다.

사망매화 오자운에 의해 죽은 낭와진인 비무극.

그의 이름을 이곳에서 다시 듣게 되니 기분이 묘하다.

죽은 비무극의 빈자리를 대신할 교관이 올 때까지 교관의 업무들은 모두 부교관들이 대신해야 한다.

따라서 추이 역시도 내일부터는 독자적으로 수업을 맡게 될 것이다.

'……어떤 수업을 담당하게 될지는 내일 면담 이후에 정해지겠지.'

일단 등천학관의 학장(學長)을 만나야 한다.

무림맹의 최고 위원이자 등천학관의 학장, 동시에 오대세가 중 하나인 사천당가의 장로인 '당결하(唐抉瑕)'.

추이가 등천학관에 잠입한 뒤 걸어갈 모든 행보는 그녀와의 면담 이후에 정해질 것이다.

그리고.

'조금 껄끄러울지도 모르겠군.'

추이는 내일 만나게 될 그녀가 부담스러웠다.

등천학관의 교직원들은 보통 묘시(卯時)의 시작과 함께 기
상한다.

새벽.

날이 추워서 그런가, 지난밤에 뜬 달이 아직 채 지지도 않
았다.

원래대로라면 모시고 있는 교관을 찾아가서 점호를 받아
야 하지만, 교관들은 귀찮음을 이유로 부교관들의 아침 문안
을 생략하는 경우가 많다.

추이, 아니 서문경의 경우에는 아예 모셔야 할 교관이 없
으니 아침 문안 인사는 생략해도 좋은 것이다.

"안녕하세요, 부교관님! 식사를 받아 왔습니다! 주방에서
갓 만들어진 거라 따뜻해요! 이걸 어디다가 놓을까요?"

"나는 아침 식사를 하지 않으니 앞으로는 굳이 받아 오지
않아도 된다."

새벽녘부터 찾아와 청소를 하며 재잘거리는 영아를 추이
는 손짓으로 돌려보냈다.

이윽고, 추이는 면구의 상태를 점검한 뒤 출근길에 올랐다.

다른 부교관들은 이제 막 점호를 마치고 식사를 하거나 목욕을 하러 가고 있을 무렵이었다.

저벅- 저벅- 저벅-

추이가 향한 곳은 등천학관 부지의 중앙, 거대한 신목(神木) 네 그루가 동서남북의 방향으로 서 있는 곳.

등천학관의 강의동은 이 네 개의 나무들 사이에 목재와 벽돌, 철근을 이어 붙이고 떠받쳐서 축조한 거대한 누각이었다.

즉, 이 거대한 누각을 이루고 있는 네 개의 기둥은 땅밑 깊숙한 곳에 뿌리내린 채 그 자체로 살아 숨 쉬고 있는 것이다.

'언제 봐도 경이롭군.'

추이는 하늘에 닿을 듯 높고 거대한 누각을 올려다보며 감탄했다.

만약 이 네 그루의 신목이 아니었다면 인간의 기술로는 이토록 경이로운 건축물을 건설하지 못했을 것이다.

등천학관의 중심이자 상징인 이 거대한 강의동은 호남성 장자제(張家界)의 무릉원에서도 찾아볼 수 없는 비경이었다.

추이는 강의동의 계단을 천천히 걸어 올라가기 시작했다.

누각의 넓이는 커다란 연무장 수십 개를 합친 것보다도 더 넓었고 높이는 백팔 층이라고는 하나 층과 층의 간격이 엄청나게 넓어서 실제 층수는 삼백 층도 넘을 것이다.

경공술을 쓰지 않고서는 오르기가 힘든 곳이었지만 추이는 굳이 천천히 발걸음을 옮겼다.

각 층별 특징을 외워 두기 위해서였다.

'……구조는 비교적 단순한가.'

강의동은 동, 서, 남, 북 방향으로 각기 구획이 나뉘어 있었다.

동쪽에는 청룡관, 서쪽에는 백호관, 남쪽에는 주작관, 북쪽에는 현무관.

사신수의 이름으로 대표되는 이 관에는 소속되어 있는 생도들이 있다.

생도들의 계급은 총 넷으로 나뉜다.

일 계급 생도 '범행기(梵行期)', 이 계급 생도 '가주기(家住期)', 삼 계급 생도 '임서기(林棲期)', 사 계급 생도 '유행기(遊行期)'.

등천학관의 생도들은 열다섯에서 열여덟 즈음에 입학을 하여, 위의 사주기(四住期)를 순차적으로 거쳐, 스물넷에서 스물여섯 사이에 졸업을 하게 되는 것이다.

진급이나 졸업을 하기 위해서 생도들은 자기가 듣고 싶은 수업을 골라 시간표를 작성하고, 달포별 일 회의 쪽지시험과 학기별 이 회의 대시험을 거쳐 학점을 모아야 한다.

추이는 학기가 이미 시작된 중에 취임했기에 전에 있던 수업 하나를 대체해서 맡게 되지만, 다음 학기부터는 자신만의 수업을 개설할 수 있게 될 것이다.

추이가 이런저런 생각을 하며 계단을 오르고 있을 그때.

"……!"

추이는 인적이 드문 한 층에서 묘한 광경을 발견했다.

햇볕이 잘 들지 않아 으슥한 복도, 나무줄기에서 새어 나온 수액이 작은 폭포처럼 졸졸 흐르고 그 주변으로 이끼와 넝쿨들이 무성하게 자라난 노대(露臺)의 난간.

그곳에 다섯 명의 생도들이 모여 있는 것이 보였다.

일 계급 생도로 보이는 남자 둘과 여자 둘이 삐딱한 자세로 서 있다.

그리고 같은 계급으로 보이는 여자 생도 하나가 그들 사이에 무릎을 꿇은 채 머리를 숙이고 있었다.

그녀는 헝클어진 머리로 얼굴을 가리고 있었고 다른 생도들에 비해 유독 허름한 교복(校服)을 입고 있어서 전체적으로 음침한 인상을 주었다.

머리와 옷에는 오물이 가득하여 보는 이의 눈살이 찌푸려질 정도였다.

여자 생도 둘과 남자 생도 둘이 조소 섞인 목소리로 말했다.

"이 거지 같은 사마(司馬)씨 년은 그렇게 괴롭히는데도 꾸역꾸역 수업 쳐 기어 나오네."

"그건 우리가 너무 물렁물렁하기 때문이겠지?"

"야, 너 집도 망했다면서? 왜 자퇴 안 하냐? 학비 감당 돼?"

"교관들한테 촌지 먹일 깜냥도 안 되면서 무슨 자신감으로 버티냐?"

말을 마친 여자 생도 하나가 죽통을 꺼내 들었다.

"이거 서호(西湖)산 용정차(龍井茶)인데, 자. 핥아먹으렴. 너 차 좋아하잖아. 이때 아니면 언제 맛보겠어? 이제 가문이 망해서 영영 마실 일도 없을 거 아냐?"

그녀는 죽통 속의 녹색 액체를 무릎 꿇은 여생도의 머리 위로 붓는다.

쪼르르르르륵……

음침한 인상의 여생도는 아무런 반항도 못 한 채 그저 머리를 숙이고 있을 뿐이었다.

"……."

추이는 무릎 꿇고 있는 여생도를 한동안 가만히 바라보았다.

'어디서 본 얼굴 같은데.'

그때, 여생도 하나를 괴롭히고 있던 네 명이 이쪽을 돌아보았다.

괴롭힘을 주도하던 여생도 하나가 추이를 보며 눈살을 확 찌푸렸다.

"아이, 씨. 뭐야? 괴물인 줄 알았네. 피부 왜 저래?"

작게 속삭이는 소리였지만 추이가 못 들을 리 없다.

그들은 지금 추이가 덮어쓰고 있는 면구를 보며 욕지거리를 속삭이는 것이다.

"화상 입은 건가? 토할 뻔했네."

"완전 징그러운데. 어우, 난 안 볼란다."

"근데 이런 외진 곳에 왜 걸어 올라온 거지? 여긴 폐구역이라 다들 경공술로 홱홱 지나가기 마련인데."

나머지 세 명도 추이의 시선을 피하지 않고 마주 본다.

"……."

추이는 이내 그들에게서 시선을 떼고 발걸음을 돌렸다.

그리고 바로 옆에 나 있는 다른 계단을 통해 돌아서 올라가기 시작했다.

"킥킥– 병신. 쫄았나 본데?"

"와– 근데 나 저렇게 생긴 사람 처음 봐. 소름–"

"못생긴 것을 넘어서 징그럽게 생겼다. 보는 것만으로도 토할 것 같아."

"저 정도 되면 얼굴에 뭐 복면 같은 거라도 쓰고 다니는 게 예의 아닌가 모르겠네."

대장 격으로 보이는 여생도를 비롯하여 다른 생도들이 비웃는 소리가 들려왔지만 추이는 신경 쓰지 않았다.

지금은 당장 있을 학장과의 면담에 대처하는 것이 급선무였기 때문이다.

학장실은 백팔 층 중 백칠 층에 있었다.

일반적인 건물의 높이로 따지자면 거의 오백 층에 육박하는 높이인지라 주변에는 온통 안개와 구름밖에 보이지 않는다.

휘이이이이잉―

초고층을 스쳐 가는 바람은 지상의 것과는 차원이 다르다.

작은 산들바람도 폭풍으로 변하는 이 가혹한 환경에서는 산소마저 희박했다.

끼―걱! 끼기기긱……

바람이 불 때마다 신목의 나뭇가지들이 흔들렸고, 그때마다 자연물 사이에 건축되어 있는 인공물들은 이질적인 신음소리를 낸다.

추이는 뱀처럼 흔들거리는 회랑을 지나 학장실로 향했다.

똑똑똑―

추이가 학장실의 문을 두드리자.

"들어오세용!"

안에서 발랄한 목소리가 들려왔다.

추이는 미간을 잠시 구겼다.

그러고는 이내 표정을 가다듬고는 학장실의 문을 열었다.

끼기기긱……

학장실 안은 단출했다.

돌과 나무, 황토를 섞어 만든 바닥과 벽.

그 안에는 수많은 책장들이 서 있었고 가운데에는 책상 하나가 덩그러니 놓였다.

앳된 외모의 소녀 하나가 그곳에 앉아서 방실방실 웃고 있었다.

꾸벅-

추이는 고개를 까닥 숙여 목례를 했다.

소녀는 웃는 낯으로 추이의 인사를 받았다.

"그대가 서문경?"

"예."

"우와- 잘생겼당."

"……."

추이는 잠시 입을 다물었다.

분명 면구로 얼굴을 가리고 있거늘 이 무슨 반응일까?

한편, 소녀는 생글생글 웃으며 추이의 얼굴을 들여다보았다.

"피부는 모르겠고, 뼈가 참 잘생기셨어용. 저는 사람 볼 때 뼈를 보거든요. 골상학(骨相學)이라고 알아요?"

"……."

"당연히 모르겠죠! 제가 어제 막 만든 거니까용! 포항항-"

추이의 얼굴을 들여다보는 소녀의 키는 오 척 단신.

얼굴 역시도 너무 앳되어서 열두어 살 정도로밖에는 보이지 않는다.

하지만 그녀의 실제 나이를 아는 사람은 아무도 없었다.

소녀는 등천학관에 존재하는 모든 교직원들 중 가장 최고참으로, 그 누구보다도 더 오랜 시간을 여기서 보내 온 터줏대감이었으니까.

파라척결(爬羅剔抉) 당결하(唐抉瑕).

그녀는 무림맹의 최고 위원이자 등천학관의 학장, 동시에 사천당가의 대장로이다.

심지어 사천당가의 가주보다도 배분이 높은 그녀는 어렸을 때 연구하던 약과 독의 부작용으로 인해 늙지 않는 외모를 가지게 되었다고 알려져 있었다.

그때.

"앗챠챠— 내 정신 좀 봐. 손님을 불러 놓고 집무실 꼴이 이게 뭐람."

당결하는 황급히 책상 위의 잡동사니들을 치우기 시작했다.

온갖 서류들 사이에 저포판과 저포말, 주사위가 눈에 띈다.

추이는 회귀 전, 당결하에 대해 알고 있었던 몇 가지 정보들을 떠올렸다.

'입방아거리를 무척 좋아하는 떠벌이 촉새, 독 실험을 너

무 많이 해서 머리가 약간 돌아 버렸다는 말도 있었지. 그
외, 사천당가에서 유일하게 만천화우(滿天花雨)를 대성한 인물
이라거나…….'

그리고 또 하나, 그녀는 지독한 도박광이다.

뭐만 했다 하면 내기를 붙는데 그런 호승심에 비해 도박
실력이나 운은 형편없어서 매번 뜯기곤 한다나.

추이가 이런저런 생각을 하고 있을 그때.

"킁킁킁—"

당결하가 별안간 허공에 대고 코를 벌름거리기 시작했다.

그녀는 똥 쌀 곳을 찾는 강아지처럼 이곳저곳을 쫄레쫄레
돌아다니더니 이내 추이에게로 가까이 붙었다.

"킁킁킁킁—"

"……."

추이는 뒤로 한 걸음을 물러났다.

하지만 당결하는 물러나는 추이를 따라 앞으로 한 걸음을
붙는다.

"냄새 나용."

"목욕은 깨끗하게 했습니다만."

"근데도 나."

당결하는 순간 급정색을 하더니 추이의 얼굴을 향해 손을
뻗었다.

"……."

추이는 움직이지 않은 채 가만히 있었다.

그리고 얼굴을 향해 다가오는 당결하의 손을 가만히 바라보았다.

이윽고.

…똑!

당결하의 손은 추이의 얼굴을 지나쳐 머리카락 한 오라기를 뽑아냈다.

"킁킁킁킁킁―"

그녀는 추이의 머리카락 한 올에서 나는 냄새를 맡으며 말을 이었다.

"냄새가 지층을 이루고 있네용. 피 냄새, 쇠 냄새, 독 냄새, 돈 냄새, 불 냄새, 흙 냄새, 눈 냄새…… 근데 피 냄새가 좀 낯익은데?"

"……."

"혹시 최근에 저희네 일족하고 다툰 적 있어요?"

그녀가 눈을 가늘게 뜬 채 물었고 추이는 바로 대답하지 않았다.

'……이래서 껄끄러웠는데.'

얼마 전, 추이는 장강수로채에 몸담고 있있던 사백정 당삼랑을 창으로 찔러 죽인 일이 있었다.

그때 흠뻑 뒤집어썼던 당가(唐家)의 피가 아직도 비린내를 풍기고 있었던가.

'대답을 잘해야 한다.'

파라척결 당결하.

그녀의 또 다른 별호는 바로 독왕(毒王).

겉으로 보기에는 그냥 멍청한 어린애로 보이지만…… 사실 그녀는 검왕(劍王) 남궁천과 견주어도 손색이 없을 만큼 강한 절대고수이다.

추이는 생각했다.

"……."

이 자리를 어떻게 넘어가느냐에 따라 앞으로의 행보가 크게 달라질 터였다.

추이는 얼마 전 시귀 북궁설을 죽이고 그녀의 혼백을 창귀로 만들어 흡수했었다.

이로 인해 추이의 공력은 크게 증가했고 창귀칭의 경지 또한 이올의 제육 층계에 이르게 되었다.

'……그럼에도 불구하고 아직은 부담스럽지.'

추이는 눈앞에 있는 앳된 얼굴의 소녀를 향해 미간을 미미하게 찡그렸다.

파라척결 당결하. 혹은 독왕 당결하.

어느 쪽이 되었든 간에 아직은 감당키 어려운 별호들이었다.

이윽고, 추이가 말했다.

"장강수로채의 천두급과 잠깐 만났던 적이 있습니다."

"장강수로채? 그 천박한 수적 패거리용?"

"예."

"어우— 무셔라. 용케 살아남으셨네요. 걔네들 완전 흉악하다던데. 근데? 그거랑 저희 일족의 피 냄새가 나는 거랑 무슨 상관요?"

당결하는 큰 눈을 깜빡이며 묻는다.

추이는 솔직하게 대답했다.

"그 천두가 한때 사천당가 소속이었다는 것을 나중에 알았습니다."

"그으래요? 이름이 뭐였는데용?"

"사백정(巳百丁) 당삼랑이라고 했던 것 같군요."

"아아아~ 그 망나니! 비교적 최근에 가문에서 내쳐진 놈말이죠? 맞다, 기억나요. 유난히도 똥오줌 못 가리던 애새끼가 하나 있었는데 말이죵. 포항항~ 어디 가 있나 했었는데 수적들 패거리에 끼어 있었구나. 어쩐지요~"

추이의 대답을 들은 당결하가 눈을 반짝반짝 빛냈다.

"그래서? 그 망나니 놈이랑 싸웠다는 거죠? 누가 이겼어용? 응? 으응?"

"싸운 것이 아니라 방심한 사이 한 칼 먹이고 죽어라 도망쳤습니다."

"에이~ 시시해~"

당결하는 의자에 몸을 기대고는 상체를 젖혔다.

그러고는 은근슬쩍 떠보듯 물었다.

"근데 걔가 뭐 독 같은 걸 쓰지는 않았어요? 막 엄청난 극
독 같은 거 말이에요. 항아리에 담아서……."

"저 같은 잔챙이를 상대로 독은 필요 없다고 했습니다. 그
러다가 한 칼 맞은 뒤에는 화가 났는지 항아리에서 뭘 뿌렸
던 것 같은데…… 다행스럽게도 부리나케 도망쳐서 중독되
진 않았습니다."

"으응…… 그래요…… 그러게…… 다행이넹."

당결하의 눈에서 뿜어져 나오던 눈빛이 금방 사그라들었
다.

흥미를 잃었다는 듯 양어깨가 축 처지는 것이 보인다.

"재미있는 냄새가 나길래 재미있는 얘기도 있을 줄 알았는
데 김이 팍 새네용."

"……."

"미안요. 제가 원래 좀 재미인간이라. 삶이 팍팍해서 그런
가 뭐 좀 재미있는 게 있으면 사족을 못 쓰거든요. 위에서는
맨날 예산 삭감 얘기로 쪼지, 아래에서는 맨날 품위 유지 좀
하라고 개기지…… 당최 이 늙은이가 흥미 붙일 곳이 없어서
그래요오. 후……."

투덜대는 말이 하나도 들려오지 않는다.

추이는 여전히 긴장의 끈을 놓지 않고 있었다.

'아무튼 절대 얕볼 수 없는 여자임에 분명하다.'

추이가 말이 없자 당결하는 재미없다는 듯 의자에 몸을 깊숙이 묻었다.

"아무튼, 관첩은 잘 받았고용. 내일부터 주작관에서 애들 가르치시면 돼요. 부교관 자리를 돈 내고 샀든, 실력으로 땄든 간에 축하하고용. 저는 그런 거 신경 안 쓰니까 앞으로 길게 보자구요, 우리."

"예."

"앗챠챠─ 또 깜빡할 뻔했네. 뭘 가르칠지도 알려 줘야지요 참. 앞으로 뭘 가르치고 싶어용? 지금 급하게 인력이 필요한 수업은 네 개야요. '십팔반무예(十八般武藝)─기초 검술(下)', '무림흑역사(二)', '무림흑역사(三)', 그리고 '경공과 심법(二)'. 이 중에 하나를 고르면 될 것 같아요."

"'심법과 경공'으로 하지요."

"그래요. 내일부터 당장 수업에 들어가 주면 고맙겠다요. 얼마 전에 교관보 하나가 애들 등쌀을 못 이기고 도망쳐 버려서 좀 급하거든용."

당결하는 붓을 들어 서류에 무언가를 끄적이고는 수결을 맺었다.

그러고는 고개를 들어 다시 추이를 쳐다본다.

"참. 이제 한식구가 되었는데, 포부 한 말씀 하셔야지요?"

"……."

추이는 잠시 고민했다.

그러고는 이곳 등천학관에 들어온 목적을 일부나마 밝혔다.

"최선을 다해 맡은 관을 최고로 만들겠습니다."

"으응. 그래그래. 열심히 해 봐요."

"그리하여 정·사 황실비무대회에 나갈 수 있도록 노력하겠습니다."

"……!"

그저 흔해 빠진 포부로만 생각하고 대충 고개를 끄덕이려던 당결하가 일순간 붓을 멈춘다.

그녀는 고개를 들어 추이를 바라보았다.

"황실비무대회요?"

"예."

"주작관이?"

"예."

추이는 생각했다.

머지않은 훗날, 정도의 무림맹과 사도의 사도련은 황실에서 일정 주기로 주최하는 천하제일 비무대회에 출전하게 된다.

정도와 사도의 고수들이 맞붙는 이 거대한 연회이자 축제, 비무대회는 그 자체로 지금껏 수많은 이야깃거리들을 만들어 내 왔다.

……문제는, 앞으로 다가올 황실비무대회에서 끔찍한 혈

겁이 벌어지게 된다는 것이다.

홍공. 그리고 혈교.

그들은 정도와 사도의 후기지수들을 모조리 죽이겠다는 흉계를 품고 난을 일으킨다.

그 과정에서 결국 황실까지 혈겁에 말려들게 되어 무림은 일약 피바다로 변해 버리고, 이것이 곧 일 차 무림혈사의 신호탄이 되는 것이다.

정도도, 사도도, 마교도, 무림의 모든 질서와 윤리가 어그러지고 힘의 논리에 삼켜진다.

그것은 홍공이 살아 있든, 죽었든 간에 그가 뿌려 놓은 업보로 인해 계속해서 발생할 사태였다.

지금까지 만나 왔던 호예양도, 오자운도, 남궁율도, 적향도, 견술도, 모두 이 거대한 피의 해일을 벗어나지 못하고 휩쓸리리라.

그렇게 모든 것이 망가지고 부서져서 전으로는 돌아갈 수 없게 되어 버린 미래에서, 추이는 되돌아온 것이다.

……하지만.

추이의 속마음을 알 리 없는 당결하는 붓의 반대쪽 끝으로 머리를 긁적일 뿐이었다.

"포부는 좋은데. 주작관이 황실비무대회에 나가기는 좀 힘들걸용?"

당결하는 묻지도 않았는데 그 이유를 설명하기 시작했다.

"황실비무대회 참관은 네 개의 관들 중에 상위에 속한 두 개의 관만 가능하답니다아."

"압니다."

"청룡관, 현무관, 백호관, 주작관. 그중에 주작관이 만년 꼴등인 거 알지요오?"

"……."

추이가 말이 없자 당결하는 주절주절 많은 말을 늘어놓기 시작했다.

"햇병아리 같으니까 설명해 드릴게용. 청룡관의 생도들은 대체로 특징이 고고해요. 정도십오주 중에 오대세가에 속한 애들이 많은데, 거의 대부분 세도가 출신이라 그런가 돈도 많고 무공도 강하지요. 무엇보다 혈연을 중시하는 문화가 있고."

"……."

"현무관의 생도들은 대체로 특징이 공명정대하지용. 정도 십오주 중에 구파일방에 속한 애들이 많아요. 애네들은 문파 출신이라 그런가 학연은 물론이고 배분이랑 서열을 엄청나게 중요시하더라고."

"……."

"백호관의 생도들은 대체로 특징이 엄청 비범하달까? 뭐랄까용? 얘네들은 뒷배 없이, 무림맹이 오로지 실력만으로 각지에서 선발한 애들이야요. 뒷배도 없고 소속도 없지만 근골이 엄청 좋거나 머리가 엄청 똑똑해. 진짜 본인이 가진 것만으로 여기까지 올라온 애들이라 집념이랑 독기도 대단하고."

"……."

"근데 주작관은……."

재잘대던 당결하가 잠시 말을 멈췄다.

그러고는 살짝 한숨을 쉬었다.

"솔~직히. 돈 내고 들어온 애들이거덩?"

"……."

"슬프지만 사실이에용. 등천학관에는 '기여입학제'라는 것이 있단 말이야. 뭐, 당신도 돈으로 관첩 샀을 테니 알겠지요?"

그렇다. 돈을 내면 받아 주는 문은 어느 기관에나 따로 있기 마련이다.

추이는 과거 오자운이 했던 말을 떠올렸다.

'화산파의 도복을 입는 방법은 크게 셋으로 나눌 수 있었고 그 세 가지 길을 통틀어 '금의검'이라 불렀다.'

첫 번째인 금로(金路).

그것은 막대한 기부금을 내고 들어오는 방법이다.

이 돈은 추후 검로(劍路)의 길로 들어오는 제자들을 키우는 데에 주로 사용되었다.

두 번째인 의로(義路).

그것은 의리로 들어오는 방법이다.

이 방법을 통하여 화산의 도복을 입은 이들은 주로 화산파 내에 머물지 않는 관의 명사들이나 그들의 자제들이 대부분이었다.

세 번째인 검로(劍路).

그것은 실력으로 들어오는 방법이다.

돈도 없고 뒷배도 없는 어린아이들을 순수하게 검에 대한 자질만으로 선별하여 화산의 도복을 입을 수 있게 해 주는, 어찌 보면 가장 정직하면서도 가장 통과하기 힘든 길이었다.

……어찌 보면 무림맹의 구조 역시도 이와 비슷했다.

아니, 아마도 무림에 있는 모든 문파들이 다 똑같을 것이다.

당결하가 말했다.

"근데 말이죵. 우리 입장에서는 그렇거든. 돈 내고 들어온 어중이떠중이들을 '진짜배기'들과 섞어 놓으면 말이야요. 면학 분위기도 안 좋고, 생도들 사이에서도 위화감이 조성될 수 있고, 그래서 뭐…… 아예 그런 오합지졸들은 그냥 한곳에 몰아 놓는 거지용. 자기들끼리만 적당히 놀다가 적당히 증서 몇 개 주고 졸업시키게."

"……."

"앗! 오해는 마셔요. 주작관의 생도들이 어중이떠중이들이라는 거지 거기에 소속된 교직원들이 어중이떠중이들이라는 말은 아니니까용. 그 누구였지? 비무극? 그 친구도 상당히 유능한 교관이었어요. 뭐, 지금은 파면되었지만? 이야~ 저는 처음부터 알고 있었단 말이죠오. 그 친구는 딱 두개골 생긴 것부터가 반골, 색마의 상이었거든요. 근데 역시나 그런 파렴치한 짓거리를 했던 과거가 있었다 이거지요. 참 세상일 모르는 거야~ 무섭네용~"

추이는 당결하의 말을 거의 다 흘려 듣고 있었다.

하지만 그중에서도 쓸모 있는 정보들은 존재했다.

청룡관: '고고함'. 오대세가(五代世家)를 비롯한 명문 세도가 출신. 돈이 많고, 혈연 중시.

현무관: '공정함'. 구파일방(九派一幫)을 비롯한 거대 문파 출신. 무공이 고강하고, 학연 중시.

백호관: '비범함'. 무림맹이 지역 각지에서 선발한 천재, 수재들. 자질이 대단하고, 실력 중시.

주작관: ·······.

추이는 자신이 맡게 된 주작관의 상태를 다음과 같이 요약했다.

주작관: 돈푼깨나 있는 오합지졸(烏合之卒).

말 그대로 기부금을 받기 위해 만든 개구멍이나 다름없는 곳이고, 정식 수업 일정에서도 여러모로 버려진 관이었다.

그러니 주작관이 청룡관, 현무관, 백호관 중 둘을 꺾고 황실비무대회에 나간다는 것 자체가 말이 안 되는 것이다.

그것은 마치 당랑이 수레를 막아 세우겠다고 선언하는 꼴과도 같았다.

"어차피 절대 불가능한 목표일 테니 너무 무리하지 말아용. 괜히 처음부터 되도 않는 일에 힘 빼면 서로 안 좋잖아요. 신규 교원이 지쳐서 탈주하면 나는 많이 서글플 거야~"

"……."

당결하의 말에 추이는 잠시 입을 다물었다.

그러고는 은근슬쩍 운을 뗐다.

"세상에 '절대'라는 것은 없지요."

"……?"

순간, 당결하의 눈썹이 까닥 움직였다.

입술이 오물오물 달싹이고 손가락도 파르르 떨리는 것이 보인다.

그녀의 나쁜 버릇이 막 나올락 말락 시동을 거는 것이다.

추이는 거기에 쐐기를 박았다.

"자신 있습니다. 내기를 걸어도 좋지요."

"오옹!"

당결하의 눈이 반짝였다.

추이의 도발에 걸려든 것이다.

그녀는 무릎을 탁 치며 말했다.

"나 서문경 당신, 맘에 든다요."

"감사합니다."

"제가 내기 좋아하는 건 또 어떻게 아시고. 이거 진짜 극비 정본디."

"……."

그녀가 도박에 미쳐 사는 건 세상에 모르는 사람이 없다.

뭐 아무튼.

당결하는 추이에게 내기를 제안했다.

"만약 음, 서문경 당신이 애들을 가르쳐서…… 다음 달 쪽지시험 평균을 십 점 이상 올린다면 그 말을 현실성 있게 검토해 주겠어용! 주작반이 황실비무대회에 등천학관 대표로 출전한다는 구라를 말이죠!"

"제가 이겼을 때와 졌을 때에는 어떠한 결과가 있습니까?"

"당신이 지면 그날로 학관에서 짐 싸서 나가기. 어때용?"

추이는 고개를 끄덕였다.

등천학관쯤이야, 마음만 먹으면 새 신분을 구해 언제든 다시 들어올 수 있으니 상관없는 일이다.

"좋습니다. 이겼을 때는요?"

"앞으로 일 년 동안 무슨 짓을 해도 절대 잘리지 않게 해 줄게용."

즉, 등천학관의 학장이자, 무림맹의 최고 위원이자, 사천당가의 대장로이자, 초절정고수인 그녀가 직접 뒤를 봐주겠다는 뜻이었다.

거부할 이유가 없는 도박이었기에 추이는 고개를 끄덕였다.

"좋습니다."

"나도 좋아용! 포항항항—"

추이와 당결하.

두 사람은 서로를 마주 보며 웃는다.

묘한 동상이몽(同床異夢)이 시작되었다.

첫 수업 (1)

시비 영아는 텅 빈 관사에 앉아서 생각한다.

"……오늘도 수첩에 아무것도 안 적혀 있네."

토실토실한 뺨을 손으로 괴고 아무리 생각을 해 봐도 영문을 모를 일이다.

"다른 방 쓰시는 분들은 이것저것 요구하는 게 엄청 많다고 들었는데."

제 동기들은 항상 눈코 뜰 새 없이 바쁘다.

청소를 하거나 식사를 배달하러 가면 수첩에는 지시 사항들이 항상 빼곡하게 적혀 있고, 그것도 모자라 얼굴에 대고 대놓고 이런저런 잔심부름을 퍼붓는다나.

청소가 잘 안 되어 있다느니, 물건들이 가지런하게 배열되어 있지 않다느니, 습도에 문제가 있다느니, 채광이 불만이라느니, 침구류가 마음에 들지 않는다느니, 식사가 식었네 맛이 없네 뭐네 뭐네 기타 등등…….

그것도 모자라 폭언 욕설을 퍼붓거나 은근슬쩍 가슴이나 엉덩이를 더듬는 등 성추행까지도 빈번하단다.

하지만 시비들은 꾹꾹 참는다.

가슴으로 울면서도 얼굴로는 웃어야 한다.

세상에는 육체노동만 있는 것이 아니라 감정 노동도 있다.

때로는 그 감정 노동이라는 것이 육체의 피로보다도 훨씬 더 가혹할 수도 있는 법이다.

영아 역시도 처음에는 그런 각오를 하고 등천학관의 관사에 들어왔었다.

"그런데…… 나는 그런 게 일절 없단 말이지."

그녀가 모시게 된 서문경은 모든 잡일을 알아서 했다.

그리고 시비인 영아에게 함부로 대하지도 않았다.

대화는 거의 없었지만 가끔씩 얼굴을 볼 때면 늘 존중이 느껴지는 어조로 짧게, 용건만 간단히.

'좋은 분 같아.'

얼굴은 무서우나 마음은 비단결 같다는 말은 이럴 때 쓰는 것이라고 영아는 생각했다.

그때.

끼이이익……

관사의 문이 열렸다.

방의 주인이 돌아온 것이다.

서문경이 관사로 돌아왔다.

"앗! 오셨나요! 식사를 가져왔습니다!"

영아는 벌떡 일어나 서문경의 앞으로 쪼르르 달려왔다.

서문경은 영아가 내미는 쟁반을 내려다보았다.

쌀밥, 생선구이, 닭고기 조림, 야채 절임과 볶음, 무와 고기, 시래기가 들어간 국, 그리고 약간의 과일과 과자.

가짓수는 많지 않지만 꽤나 정갈하고 푸짐한 식사였다.

서문경은 고개를 저었다.

"이미 먹고 왔다. 그리고 앞으로는 내 식사를 따로 가져오지 않아도 된다. 관사로 들어올 일이 별로 없으니까."

"앗, 그런가요……."

영아는 시무룩한 표정으로 고개를 숙였다.

식사 운반을 하지 않으면 잡무가 줄어드는 것인데도 영아의 표정은 밝지 않았다.

서문경이 그 까닭을 물었다.

"무슨 문제가 있나?"

"그, 그게……."

영아의 볼이 발갛게 물들었다.

그녀는 눈치를 보며 더듬더듬 말을 이었다.

"등천학관에서는 시비들의 식사를 따로 준비해 주지 않아서요……."

"?"

서문경이 고개를 갸웃했다.

영아는 눈을 질끈 감고 말을 이었다.

"그, 그러니까…… 원래라면 시비들은 돈을 주고 밥을 사 먹어야 하거든요. 그런데…… 그, 제가 그런다는 건 아니고. 제 동기들이나 선배들 중에는…… 그…… 교관님들이 식사를 하시고 남기시면…… 그것으로 끼니를…… 어차피 버리시는 거니까……."

거기까지 듣고 서문경은 고개를 끄덕였다.

즉, 등천학관에서는 시비들이나 하인들의 식사를 따로 제공해 주지 않는다.

그래서 그들은 돈을 주고 밥을 사 먹어야 하는데 급여가 그리 많지 않다 보니 매 끼니 식사비가 부담이 된다.

따라서, 시비들이나 하인들은 모시던 이가 남기고 간 잔반으로 배를 채워 식대를 절약하는 경우가 많은 모양.

"제, 제가 그런다는 건 절대 아니고요! 그, 그냥 그런 시비들도 있다고 말씀드리려고……."

영아는 부끄러움을 꾹 참고 말했다.

어떻게 말할까.

견습 시비의 쥐꼬리만 한 급여로는 매 끼니 식사비가 부담이 되고, 먼 곳에 있는 가족들에게 돈을 부치기 위해서는 하루에 한 끼밖에, 그것도 밥과 염장무 정도를 빠듯하게 사 먹는 것이 고작이고, 그래서 당신이 먹다 남긴 밥이나 반찬이 매일매일을 영위하는 데 있어서 큰 도움이 된다고.

어떻게 그렇게 말할 수 있냐는 말이다.

"……."

그래서 영아는 고개를 푹 숙인 채 손가락을 꼼지락거렸다.

만약 앞으로 서문경이 식사를 거부한다면 영아가 먹을 수 있는 잔반도 사라지는 셈이다.

그래서 영아의 표정이 어두운 것이고.

그때.

"내 식사를 가져오지 않아도 된다고 했지 배급받지 않겠다고는 말하지 않았다."

서문경의 말이 이어졌다.

"배급은 예정대로 받을 것이다. 하지만 그것을 굳이 내게로 가져올 필요는 없다."

"네? 그게 무슨……."

"네가 먹으라는 소리다."

"……!"

영아의 두 눈이 휘둥그레졌다.

그러니까…… 여기 있는 이 쌀밥, 생선구이, 닭고기 조림, 야채 절임과 볶음, 무와 고기, 시래기가 들어간 국, 그리고 약간의 과일과 과자가 모두 영아의 것이라는 소리다.

앞으로도 쭉 계속.

서문경이 말했다.

"식사를 할 곳이 마땅치 않다면 이곳으로 가져와서 편하게 먹어라."

"어어…… 저…… 제가 가, 감히 그래도 될지……."

서문경은 영아의 말을 기다리지 않고 욕실로 들어가려 했다.

그때. 영아가 말했다.

"저, 호, 혹시 이것들을 동기들과 나눠 먹어도 될는지요!"

"……."

그러자 서문경이 고개를 돌렸다.

그 무심한 눈빛 앞에 영아는 다시 한번 작아졌다.

'아아, 내가 주제도 모르고 너무 요구만 했나 봐, 뻔뻔하게…… 이 정도만 해도 감지덕지할 일인데 어쩌자고…… 갑자기 마음을 바꾸시기라도 한다면 어떡하지…… 아아, 내가 왜 그랬을까. 왜 주제도 모르고……'

하지만 영아가 걱정하는 일은 벌어지지 않았다.

"그것 또한 네 자유다."

서문경은 그 말을 끝으로 욕실로 들어갔다.

'……틀림없어. 서문경 부교관님은 부처님의 환생이실 거야.'

영아는 그 뒷모습을 보며 두 손을 그러모았다.

'그리고 나는 그런 분을 모실 수 있는, 이 세상에서 최고로 행복한 시비야.'

✿

이른 아침, 추이는 강의동으로 출근했다.

'경공과 심법 (二)' 수업이 이루어지는 곳은 육십육 층에 있는 소강의실 (三).

추이는 천천히 계단을 오르며 강의 내용을 생각했다.

'……애송이들을 굴리는 것쯤이야 간단하지.'

추이는 군영에 몸담고 있을 적에 병사들을 통솔하는 '제할(提轄)' 직에 있었고, 살문에 몸담고 있을 적에는 하급 살수들을 양성하는 '살두(殺頭)' 직에 있었다.

오랑캐들과의 전장 최전선에 있던 군바리들과 사람 죽이는 일을 업으로 삼던 살수들마저 수족처럼 다루던 추이에게 있어 등천학관의 젖병아리들쯤이야 아무것도 아닌 것이다.

그때.

"……?"

남쪽 노대(露臺) 한구석에 처박혀 있는 의자가 추이의 시선을 끌었다.

의자가 뜬금없는 곳에 버려져 있었기에 뭔가 싶었지만 딱히 상관할 바는 아니었다.

추이는 그대로 강의실 문을 열고 안으로 들어갔다.

육십육 층의 소강의실 (三).

직사각형의 공간 속, 원형으로 배열된 일체형 책상에 의자들이 쭉 놓여 있는 것이 보인다.

비록 강의실 내부의 공간은 좁지만, 크게 나 있는 창문을 통해 건너편 누각까지 이어져 있는 구름다리를 쓸 수 있기 때문에 실질적으로 활용할 수 있는 공간이 매우 넓다는 것이 특징.

참고로 구름다리는 위쪽에 있는 신목의 커다란 나뭇가지에 밧줄로 단단히 연결되어 있어서 경공을 직접 시연할 수 있다는 장점이 있다.

여러모로 경공 수업에 딱 적합한 강의실이었다.

한편, 강의실 안에는 상당히 많은 생도들이 모여 있었다.

'경공과 심법'은 교양필수 수업임에도 불구하고 배당된 학점이 무려 사 학점이다.

이는 고학점 교양 수업들 중에서도 손꼽히는 수준이었기에 수강생들이 많이 몰려들 수밖에 없었다.

"다들 앉아라."

추이가 강의실 안으로 들어오자 생도들이 잠잠해졌다.

하지만 여전히 곳곳에서 수군거리는 소리들은 들려왔다.

"뭐야? 새로 온 부교관인가?"

"으엑– 뭐 저렇게 생겼냐. 깜짝 놀랐네."

"화상을 입었나 보지? 어우, 머리카락으로 가렸는데도 저 정도면…….."

대부분 추이의 흉측한 외모에 대한 험담들이었다.

그러거나 말거나, 추이는 자신의 속도대로 강의를 시작했다.

"나는 앞으로 너희들에게 '경공과 심법'을 가르치게 된 서문경이다. 오늘은 개요에 대해서 간략하게만 설명할 것이다. 전원 출석했나?"

추이는 출석부와 자리에 앉은 면면들을 대조하기 시작했다.

그때.

"……?"

추이는 한 여생도에게 주목했다.

다른 생도들은 자리에 잘 앉아 있는 반면, 그녀만은 홀로 우두커니 강의실 한쪽 책상에 서 있었다.

보아하니 앉을 의자가 없는 모양이다.

"킥킥킥―"

곳곳에서 비웃음 소리가 들려왔다.

추이는 그 여생도를 가만히 바라보았다.

"……."

얼굴을 온통 가리고 있는 헝클어진 머리카락.

다른 생도들에 비해 유독 허름한 교복.

전체적으로 음침한 인상을 주는 이 여생도는 어제 추이와 만났던 적이 있다.

추이는 출석부의 이름을 보았다.

"사마여리(司馬余離). 맞나?"

"……네."

여생도가 음울한 목소리로 고개를 끄덕였다.

추이가 물었다.

"왜 서 있지?"

"……."

"의자가 없나?"

"……네."

추이는 사태를 대강 파악했다.

"아래층 북쪽 계단의 노대 난간에 버려진 의자 하나가 있었다. 주워 와서 앉도록."

"……."

사마여리. 그녀는 고개를 한번 꾸벅 숙여 보이고는 터덜터덜 걸어서 강의실을 나갔다.

그러자 또다시 곳곳에서 웃음소리가 들려온다.

"저 음침한 년이 강의실로 다시 돌아오나 안 돌아오나 내기할래?"

"돌아오겠냐? 어차피 와 봐야 교과서도 없을 텐데."

"병신 같은 거렁뱅이 년. 교과서는 또 왜 없대?"

"내가 아까 쉬는 시간에 몰래 갖다 버렸거든. 큭큭큭—"

추이는 떠들고 있는 생도들을 돌아보았다.

주작관 특유의 빨간 교복을 입고 있는 일 계급 생도 넷이 창가 쪽에서 낄낄 떠들고 있었다.

추이는 그들의 이름을 출석부에서 찾았다.

'심세상단의 신세림(申勢琳), 송가장의 송우(宋禑), 대경전장의 태진철(太振哲), 영준표국의 금희지(金喜知).'

여생도 둘, 남생도 둘. 도합 넷.

지금껏 봐 왔던 쪽지시험들의 평균 성적이 가장 높다.

이들이 실질적으로 수업 분위기를 주도해 나가는 집단인 것 같았다.

말하자면, 강의실 내의 서열이 가장 높은 생도들이라는 뜻이다.

추이가 잠시 출석부를 들여다보고 있을 때, 누군가가 자리에서 일어났다.

"새로 오신 부교관님이시죠? 앞으로 잘 부탁드립니다."

그녀는 바로 심세상단의 신세림. 넷 중에서도 우두머리 격인 여생도였다.

"다들 뭐 해? 인사 안 하고."

"안녕하십니까아—"

신세림이 고개를 돌리자 송우, 태진철, 금희지 등이 심드렁한 표정으로 고개를 숙인다.

그러자 비로소 강의실 내에 있는 생도들 모두가 추이를 향해 인사했다.

신세림은 그제야 추이를 돌아보며 빙긋 웃었다.

"자. 이제 수업 시작하셔도 돼요. 아까 의자 없다고 나간 애는 그냥 무시하시면 되고~"

"……."

생도가 오히려 강의실 분위기를 주도하고 있는 기묘한 풍경.

추이가 눈썹을 까닥 움직였다.

"수업을 시작하고 말고는 네가 정하는 것이 아니다."

"아이~ 참. 첫 강의부터 까탈스러우시긴. 다 알아요. 저희도 좋게 좋게 가고 싶어서 이러는 거예요. 결국에는 부교관님께서도 만족하실걸요?"

"……?"

추이의 지적에도 불구하고 신세림은 의기양양하게 미소 짓는다.

그리고 이내 자신 있게 말을 이었다.

"오늘 밤이면 바로 알게 되실 거예요."

의미심장한 미소를 지은 채 한쪽 눈을 찡긋해 보이는 신세림이었다.

다음 권으로 이어집니다

ROK
MEDIA
로크미디어

공정거래
위원회

현우 현대 판타지 장편소설

중소기업 후려치던 인간 탈곡기
공정거래위원회 팀장이 되다!

인간을 로봇 다루듯 쥐어짜며
갑질로 무장한 채 한명그룹에 충성을 바쳤지만
토사구팽에 교통사고까지 난 성균
깨어나 보니 다른 사람의 몸이다?

새로운 몸으로 눈을 뜨고 나자
비로소 갑질당한 그들의 눈물이 보이는데……
이번 생엔 그 죄를 참회할 수 있을까?

죽음의 문턱에서 얻은 두 번째 삶!
대기업의 그깟 꼼수, 내 눈엔 다 보여!

빌런 경찰 이진우

이해날 현대 판타지 장편소설

『어게인 마이 라이프』 작가 이해날의
뒷목 잡는 특제 막장 복수극이 펼쳐진다!
『빌런 경찰 이진우』

인수합병을 통해 굴지의 대기업 진백을 세운 백동하
임종의 순간, 믿었던 가족과 친구에게 배신당하고
과거와 미래를 보는 능력을 가진 경찰 이진우로 깨어나다!

배신자들에게 지옥을 보여 주기로 결심한 진우는
특별한 능력과 기업사냥꾼으로서의 지식을 활용해
경찰로서 진백을 공략하기 시작하는데……!

전직 회장이 보여 주는 기업사냥의 진수!
상상을 뛰어넘는 대기업 흔들기가 시작된다!

천재 셰프 회귀하다

신사 현대 판타지 장편소설

독보적 미각의 천재 셰프
절망의 불구덩이에서 다시 기회를 얻다!

가스 폭발에서 사람을 구한 대가로
미각도, 손도 잃은 도진
재기를 마음먹은 어느 날
또다시 가스 폭발 사고에 휘말리고
한 번만 더 불 앞에 서기를 바라며 눈을 감는데……

미각과 손을 가져간 화마, 2회 차 인생을 선물하다?

고등학생으로 회귀한 후
과거의 지식과 경험을 바탕으로
요리계에 지각 변동을 일으키다!

요식업계 초신성에서 파인다이닝 오너 셰프까지
요리 명장의 인생 플레이팅!

꿈의 도약, 로크에서 하십시오
(주)로크미디어에서 신인 작가를 모십니다

즐거운 세상, 로크미디어는 꿈을 사랑하고 도전을 두려워하지 않는 작가 분들의 참신한 작품을 기다리고 있습니다. 21세기 장르 문학계를 이끌어 갈 차세대 선두 주자 (주)로크미디어에서 여러분의 나래를 활짝 펴 보시길 바랍니다.

모집 분야 판타지와 무협을 포함한 장르 문학
모집 대상 아마추어 작가, 인터넷 작가
모집 기한 수시 모집

작품 접수 시 유의 사항

1. 파일명은 작가명_작품명.hwp형식을 갖춰 주십시오.
1. 파일에 들어갈 내용은 다음과 같습니다.
   - 성명(필명인 경우 실명을 밝혀 주세요), 연락처, 이메일 주소
   - 제목, 기획 의도
   - A4용지 1장 분량의 등장인물 소개
   - A4용지 2장 분량의 전체 줄거리
   - 본문
1. 작품이 인터넷에 연재되고 있다면, 게시판명과 사이트의 구체적이고 정확한 주소를 기재해 주십시오.

선택된 작품은 정식 계약 후 출판물로 간행되어 전국 서점에 유통됩니다.
작가 분은 (주)로크미디어의 전폭적인 지원하에 전속 작가로 활동하시게 됩니다.
※ 자세한 내용은 로크미디어 홈페이지(rokmedia.com)를 참조하세요.

(04167)서울시 마포구 마포대로 45 일진빌딩 6층
(주)로크미디어 편집부 신간 기획 담당자 앞
전화 : 02) 3273-5135
www.rokmedia.com   이메일 : rokmedia@empas.com